雑草聖女の逃亡

隣国の魔術師と偽夫婦になって亡命します

1

森川茉里

ill. 三登いつき

CONTENTS

ZASSOU SEIJYO NO
TOUBOU

一章　月夜の出会い

治癒魔法はイメージが大切だ。

マイアは目の前で苦しむ青年の腹に手を当て、自分の体の中の魔力を流し込んだ。すると手の平から金色の光が放たれて、青年のお腹の傷を包み込む。

頭の中で思い描くのは、酷《ひど》い怪我を負った場所が再生・修復していく様子だ。

人間の体の構造を思い出し、損傷した場所が一刻も早く塞がるように祈りながら魔力を流す。イメージと現実との違いが大きければその分魔力が消費される。聖女による治癒魔法とはそういうものだ。

なお、治癒魔法にも限界はある。なんでもかんでも治せる訳ではない。

脳、心臓、肺――生命の維持のために重要な場所が傷付いていると、残念ながら手の施しようがない場合がある。

だけどこの青年の場合は大丈夫なはずだ。彼の場合怪我をしたのは下腹部。腸が露出していて一見すると状態は酷いが、マイアの魔力ならおそらく後遺症もなく治せるだろう。

「マイア様、次をお願いできますか？」

青年の処置が終わるやいなや声をかけてきたのは、マイアの治療をサポートしてくれる護衛兼衛生兵のダグラス・ショーカーだった。

腸を治したことでかなりの魔力を消費したけれど、もう一人くらいなら治せるだろう。

マイアは立ち上がると、ダグラスに従って次の負傷兵のところへ向かった。

次の怪我人の受傷箇所は右腕。肘と手首の中間あたりを魔蟲《まこ》に食いつかれたようで、その辺りで腕は皮一枚でどうにか繋がっているという状況だった。

治癒魔法をかける前の下準備として、衛生兵によって止血や衣服を取り除く処置が既に施されている。

「せいじょ、さま……なおり、ますか……？」

苦悶の表情を浮かべた負傷兵本人に尋ねられ、マイアは目を閉じると首を横に振った。

「ごめんなさい、私の魔力ではここまでの傷は治せません」

（ごめんなさい）

心の中でも謝罪しダグラスに指示を出す。

「ダグラス卿、この辺りで切断してください」

「承知いたしました」

「き、切るんですか……？」

顔を引き攣《つ》らせる負傷兵をよそに、ダグラスは粛々と処置の準備を始めた。

天幕内にいた他の衛生兵を呼ぶと、処置用の簡易ベッドに横たわる負傷兵の体を起こし、右腕を切断しやすいように固定する。そしてすらりと腰の剣を抜くと、負傷兵に話しかけた。

「一気にやる。安心しろ。一瞬で終わらせる」

「ダグラス卿……」

負傷兵の顔は蒼白だった。

ダグラスは元騎士だ。卿の敬称で呼ばれるのはそのためである。二年前の討伐遠征のときに左目を失うまでは、前線でかなり活躍していたと聞いている。

ちなみにそのとき、ダグラスの目の治療にあたったのはマイアだ。

当時のダグラスの左目は、魔蟲の毒液を浴びて半分以上溶けていたので諦めてもらうより他なかった。三〇代前半の働き盛りで隻眼《せきがん》となった彼の苦悩は察して余りある。

元々腕利きの騎士だった彼が所持する剣は、切れ味を鋭くする魔術的加工が施された魔剣である。だから本人が言う通り、負傷兵の処置は一瞬で終わった。

鮮やかに斬り飛ばされた腕が地面にごろりと転がる。マイアは目を逸《そ》らさずに一部始終を確認すると、切断面にすかさず魔力を流した。せめて綺麗に治るように祈りながら。


何かが鼻から垂れてきたのは、腕を切断した負傷兵の治療を終えた直後だった。

「マイア様、限界ですね。今日はここまでです」

ダグラスが清潔なリネンの手巾《ハンカチ》を差し出し、鼻に当ててくれた。

魔力を使い果たすと鼻血や血涙が出ることがある。手巾を確認すると鮮血で赤く染まっていた。

「おい、まだこっちが終わってないぞ」

「明日まで我慢しろって言うのか！」

すかさず順番待ちの負傷兵から不満の声が出るが、ダグラスや天幕内にいた他の衛生兵が睨みつけて黙らせた。

「今日はここまでだ。聖女様がいなければそもそも自然に治るまでもっと時間がかかるんだから我慢しろ！」

負傷兵をなだめるのは衛生兵たちに任せ、マイアはダグラスに付き添われて救護用の天幕を出た。

◆
◆
◆

『聖女』とは、魔力保持者の中でも、治癒の性質を持つ特別な魔力を持つ女性に与えられる称号だ。これは、癒しの魔力を持って生まれてくるのは女の子と決まっているからだ。例外は大陸の長い歴史の中でも聞いたことがない。

神話では、子供を産む性別だから神様がそう決めたのだと言われているが、本当の理由はまだよくわかっていない。ただ一つ確かなのは、治癒の魔力を持って生まれる女の子はとても希少だということだ。だからこそ聖女と呼ばれ大切にされている。

不思議なのは、この大陸に存在するどの国家でも、人口に対する聖女の出生確率は変わらないということだ。魔力保持者が珍しいこのイルダーナ王国でも、魔力保持者が生まれやすい魔術大国アストラでも、聖女の出生確率を計算するとだいたい同じになるという事実は学者たちを悩ませていた。

聖女は国に囲い込まれて色々と優遇される。

準貴族の地位に高い年棒、王の居城の中に部屋が貰える、など、たとえ貧民窟《ひんみんくつ》に生まれた浮浪児だったとしても、国の手厚い保護を受けてまるで貴族のお嬢様のような生活をさせて貰える。

しかしその代わり、国の指示に従い治癒の力を使わなければいけないし、戦争や魔蟲《まこ》の討伐のときには従軍の義務がある。

魔蟲——それは魔素により巨大化・凶暴化した虫を定義する言葉である。

魔素は魔力の源となるこの世界を構成する元素の一つだ。夜空に浮かぶ黄金の月からこの大地に降り注いでいると言われており、大気中を循環している。

魔素が月から降り注ぐという学説は、魔力保持者の瞳が月と同じ金色を帯びたり、身体的・精神的に月の満ち欠けの影響を受けたりすることが根拠となっている。

満月の夜は魔術の威力が上がる。それだけでなく、魔力保持者の体調も精神面も最も充足する。その一方で喪月《そうげつ》——月のない夜には逆の現象が起こる。

魔術の威力ががくりと落ちるだけでなく、喪月症候群と呼ばれる体調不良を訴えることもある。この喪月症候群の症状は、月のものの前後に女性が訴える不定愁訴《ふていしゅうそ》に似ていて、個人差があるのだが、精神的に不安定になったり、体の痛みを訴えて寝込む者も出たりする。そのため多くの魔力保持者は、喪月の前後は家に閉じこもって人と接しないようにする。

普通の人にはこういう変化は起こらないから、魔力を持って生まれるということは、必ずしもいいことばかりではなかった。

それはさておき、魔素は他にも世界に大きな影響をもたらしている。

その最たるものが、そこここにいる色々な虫を魔蟲と呼ばれる異形《いぎょう》の化け物に変化させることだ。

大気中を循環する魔素は、気候や地形の影響を受けて一ヶ所に滞ることがある。それがあまりにも滞りすぎると魔素溜《だま》り——ホットスポットと呼ばれる場所ができる。

ホットスポットはその地に棲む虫の体を変異させる。しかしこの変化は不思議なことに虫に分類される生き物にしか発生しない。魔蟲研究者によると、虫には人間や獣にはない魔素受容体があるためこのような現象が起こるらしい。

この大陸にはいくつものホットスポットが点在している。これらは地形や気候的な要因でできるものなので、人の手でなくすのは不可能だ。しかしホットスポットを放置すると魔蟲が大量発生する。魔蟲に変異した虫は魔素を求めるという性質があり、ある程度の期間はホットスポット内で食い合いをする。だが、食い合いが極まればホットスポットからさまよい出て人間や家畜を襲い始める。

ホットスポットから外に出てくる魔蟲は、食物連鎖の頂点に立つ個体なので特に大きく凶暴である。記録に残る最大サイズの魔蟲は、体長二メートル半ほどあったと言われている。そのサイズで虫の運動能力をそのまま備えるのだから恐るべき脅威となる。該当の魔蟲が現れたときの被害は、それはもう甚大なものだったそうだ。

人類にとっての救いは連中に繁殖能力がないことである。これで変異前の虫と同レベルの繁殖力があったとしたら、今頃地上を支配していたのは人間ではなく魔蟲だったに違いない。

ただ、繁殖の本能は残っているようで、ホットスポットから這い出てきた魔蟲に襲われた人里ではしばしば無惨な光景が見られることがある。——食い荒らされるだけでなく、そこかしこに卵を産み付けられることがあるのだ。

奴らをホットスポットから出さないためには、定期的にホットスポット内に入り間引きを行う必要がある。

このイルダーナ王国では、毎年一〇月になると、一斉に陸軍による大規模な魔蟲の討伐遠征が恒例行事として行われていた。

マイアがこうして酷い怪我を負った兵士の治療を行っているのは、今が魔蟲討伐の時季で、この国の第二王子が率いる陸軍第一部隊への同行命令が出たためである。

陸軍第一部隊は普段は首都の治安維持を担当する部隊だ。魔蟲討伐においては、首都を中心とした王国南西部に点在する二つのホットスポットを担当していて、現在はそのうちの一つ、『魔の森』の異名を持つフェルン樹海へとやってきていた。

現在国内では一八人の女性が聖女として認定されているが、魔蟲討伐に動員されるのは若くて未婚の聖女と決まっている。

既婚の聖女は子育てや妻の役割を果たさなければいけないから、基本的に首都に留まり王城の中で傷病者の治療に当たっている。また、年齢的に聖女として活躍するのが難しい状態になっている者もいた。

今遠征に同行できる未婚の聖女は軍の部隊の数と同じちょうど五人。そのため一部隊に一人ずつ配属されるのが最近の決まりだった。

第二王子を擁する第一部隊には、伝統的にその時点で一番魔力の高い聖女が指名される。マイアの魔力は若手の聖女の中では一番で、聖女全体の中でも二番目だった。ちなみに一番は、その治癒力を見込まれて国王に嫁いだフライア王妃である。

魔力保持能力は遺伝する。聖女も過去聖女を輩出した家系に生まれやすいという統計結果があるため、聖女は生まれ育ちにかかわらず王侯貴族の妻候補として引く手あまただ。

そのため、マイアは平民出身の孤児だが、年回りの近い第二王子のアベルの有力な妃候補と言われていた。だけど、それはマイアにとってはあまり嬉しいことではなかった。なぜなら――。

◆
◆
◆

「また魔力切れを起こしたそうだな」

「申し訳ありません。思ったよりも怪我人の数が多くて」

(私はフライア様ほど魔力がありませんから)

ため息交じりにアベルに言われ、マイアは殊勝に謝りながらも心の中で反論した。

そしてナイフとフォークを手に目の前の食事との格闘を始める。今日のメインディッシュは干し肉を水で戻して油で揚げたフライだ。肉が硬くてなかなか切れない。

「……今日もカトラリーの使い方が下手だ」

ぼそりと言われ密かに傷付く。

アベルはベースキャンプにいる間、なるべくマイアと食事を共にしようと招待してくれるのだが、それはマイアにとっては気詰まりで憂鬱なものだった。

王子に提供される食事だけあって、野営中とはいえ、一般の兵士とは一線を画したいいものが出てくる。

しかし、逐一食事の作法を監視されながらの食事になるので、本音を言うと味なんてしないし鬱憤が溜まるだけだ。アベルとしては妃候補に気を使っているつもりなのかもしれないけれど、正直なところ有難迷惑だった。

お貴族様の作法は庶民育ちのマイアに言わせるとまだるっこしくて面倒臭い。しかしそんな内心はおくびにも出さず、申し訳なさそうな顔を作ると素直に謝罪する。

「ごめんなさい、アベル殿下。練習はしているんですがなかなか上達しなくて……」

アベルは王子様だけあって食事の所作がとても綺麗だ。

例えば食事に見るからに食べにくそうな果物を出されても、ナイフとフォークを駆使して上品に食べる技術を持っている。骨の多い魚も、硬い肉も、ナイフが皿に触れる音を一切出さずに優美に食べる姿はいっそ芸術的ですらある。

それは純粋に凄いと思うけれど、自分が同じ水準を要求されるとなると話は別だ。できるようになればいいなとは思うけれど、マイアがどんなに頑張って練習しても、なかなかアベルや礼儀作法の先生が認める域には至らない。

「『申し訳ございません、アベル殿下。練習はしているのですがなかなか上達いたしません』だ。言葉遣いもなかなか直らない」

ため息をつかれて、マイアはうつむくと心の中の嵐を必死に鎮めた。

この国では言葉遣いや発音で生まれ育った階級がわかってしまう。だけど上流階級の人々が使う気取った貴族言葉は庶民育ちのマイアには難しい。目下勉強中とはいえ、王侯貴族に嫁ぐための学習はマイアにとっては辛いものだった。

癒しの魔力が目覚めたことはマイアにとっては幸運だったけれど、人よりも優れた魔力まではいらなかった。マイアは王子妃の身分なんて望んでいない。礼儀作法を学ばされるのは辛いし、そもそもアベルが好きになれない。だけどそこはアベルもマイアを嫌っているからお互い様だ。

(嫌われてるから嫌いになったんだけど……)

初めてアベルを目にしたときに見惚《みと》れた記憶が頭の中によみがえり、マイアは慌ててその記憶を打ち消した。

アベルは美形だ。誰もが想像するおとぎ話の王子様そのものの容姿をしている。王侯貴族や魔力保持者には髪の色が淡い者が多いのだが、彼もまたその例に当てはまっており、蜂蜜色の金髪に深い青の瞳を持つ王妃譲りの整った容貌の持ち主だ。身長も高く、軍人だけあって鍛え上げられた体つきをしている。

見た目も生まれも文句なしの極上品の男性だが、マイアに向けてくる視線はいつも冷たい。恐らく礼儀作法もおぼつかない平民出身の孤児が自分の妃候補と言われているのが気に食わないのだ。

こっちだって本当はお前なんかに嫁ぐのはお断りだ、と心の中では思うものの、身分差があるので本人に面と向かっては言えない。うっかりそんなことを口に出したら罪に問われるかもしれない。だからマイアは落ち込んだ表情を作って謝った。

「もっと礼儀作法の勉強を頑張ります。なかなか身につかなくて、嫌《いや》な思いをさせてごめんなさ……じゃなくて、申し訳ございません」

「……それがそなたの為だ」

横柄で冷たくて実に腹の立つ王子様である。

マイアは心の中でため息をつきながらも、できる限り優雅な所作を心がけて目の前の食事に集中した。

◆
◆
◆

魔蟲討伐中は、昼下がりには皆ベースキャンプの天幕に引き上げて日が暮れる前には眠りにつく。

これは下手に暗闇の中で明かりをつけると、魔蟲が近付いてきて確実に襲われるためだ。走光性を持つ蛾や蝿が変異した魔蟲は、変異前の習性をそのまま備えている。

森の中に設けられたベースキャンプの中は、魔術師による結界と、魔蟲が嫌う匂いを発するお香のおかげで安全が確保されている。

しかし結界も万能ではないため、不寝番《ねずのばん》の兵士を立てるし、夕食にあたるものは夕暮れの前に摂ると決まっていた。煮炊きの火で魔蟲を呼びよせる訳にはいかないからだ。

アベルとの早めの夕食を済ませたマイアは、自分が寝泊まりしている天幕に引き上げて毛布にくるまって横になっていた。

周囲が真っ暗になり、イエルとダグラスの寝息が聞こえてきて、ようやくマイアはほっと息をつく。

イエルはマイアの侍女だ。夫に先立たれた四〇前半の未亡人で、護衛兼衛生兵のダグラスと一緒に常にマイアの側にいる。ちなみにダグラスが眠っているのは、天幕の中に設置された衝立の向こう側である。

ダグラスとイエルの二人は、不埒な下心を持って近付いてくる兵士からマイアを守るという役目も帯びている。軍は男所帯なので、若い女がいるというだけで変なことを考える連中が湧いて出てくるのだ。

しかし、一二歳になるまで魔力器官が発達せず、いたって普通の庶民の娘として孤児院で育ったマイアにとって、聖女として人に傅《かしず》かれたり、上流階級の作法を学ばされる生活は窮屈で仕方なかった。

聖女とは、いわば特殊な魔力器官を持つ魔力保持者のことだ。

魔力器官とは、大気中をたゆたう不可視の元素である魔素を体内に取り込んで、魔力に変換・貯蔵する特殊な臓器のことである。この魔力器官は誰もが持っているが、特に魔力器官が発達し、魔術師になり得る者のことを魔力保持者と呼ぶ。

通常魔力保持者が魔力を使い現実を変容させるには、『クイル』と呼ばれる特別な筆記具型の魔道具で魔術式を構築し、体内の魔力を変換させなければいけない。そのため魔術師を目指すものは、膨大な数の魔術式とその法則を学んで理解する必要がある。

しかし聖女の治癒は魔術式を介さなくても効果を発揮する。傷を癒したいというイメージを込めて魔力を流すだけで効果が現れるのだ。それゆえに聖女による癒しは、『魔術』ではなく『魔法』と呼ばれている。

また、癒しを施すときのイメージが具体的であればあるほど少ない魔力で高い治療効果をあげられるので、聖女認定を受けた女性は医学を中心に学ばされる。傷の治療に必要な、《浄化《ピュリフィケーション》》や《水生成《クリエイト・ウオーター》》といった魔術も習得はするが、それよりも医療知識を詰め込むために費やされる時間のほうが圧倒的に多い。

なお、聖女の魔力は病気の治療はできない。病気は悪い精霊が体内に入り込んで発症するものなので聖女の魔力が効かないのだ。ただ、病によってもたらされる苦痛の緩和には有効である。

余談だが、普通の魔力保持者の魔力は他者に対して放出すれば攻撃手段となる。癒しの効果をもたらす聖女の魔力が希少で特殊と言われるのは魔術師の魔力とは性質が真逆なためだ。

そんな聖女の魔力でも、魔術式を通すと魔術師の操る魔術と同様の効果を発揮する。魔術式とは、言わば魔力を加工する技術なのだ。

魔力器官は通常三、四歳で大きく発達する。そのためこの国では、六歳の時点で魔力保持者の特徴が現れた子供は一般人とは区別され、首都イースヴェルムにある『魔術塔《マギア・トウルリス》』と呼ばれる魔術の研究・教育機関に集められて魔術師への道を歩むことになる。

なお、癒しの魔力を持つ女の子は、魔術師ではなく聖女になるための教育を施される。

魔力保持者を見分けるのは簡単だ。一定以上の性能の魔力器官を持つ人間は、瞳の虹彩の外側が金色に変化する。マイアも魔力器官が急速に発達した一二歳のときに瞳の色が変わった。青い瞳の外側が金色を帯びだしたとき、当時在籍していた孤児院では大騒ぎになった。

急遽魔術塔《マギア・トウルリス》に招かれ、魔力検査を受けたところ、聖女の資質があることが判明し、マイアはそのまま塔《トウルリス》の中に留めおかれることになった。

マイアのようなケースはかなり珍しく、塔《トウルリス》の魔術研究員の視線はかなり恐ろしかった。「亡くなったあとは解剖させて欲しい」と言ってきた研究員もいたくらいだ。

魔力器官は遺伝することが多いという性質上、塔《トウルリス》の中は貴族出身者が多かった。

しかし正規入学の子供たちと接する機会はほとんどなく、ほぼ全ての授業が講師との一対一だったのはありがたかった。今思うと、あれは聖女だからこその特別扱いだったのだろう。

魔力器官の発達があと一年遅かったら、マイアは恐らくお針子見習いとして働きに出ていた。貧しい庶民の子供にとって、学校に通うということは信じられないくらいの贅沢だ。

身寄りのない孤児に対する世間の風当たりは強い。マイアは七歳のときに両親を相次いで流行病で亡くし、引き取ってくれる親戚もいなかったため孤児院に預けられた。

お針子は女の子にとっては唯一といっていい働き口だが、それだけで生きていける職人はほんの一握りである。微々たる給金だけではかなり厳しい暮らしになるので、生活費の足しに街娼として体を売る女の子は少なくなかった。

だからマイアは魔力保持者になっていなかったらと思うとぞっとする。少しでも魔力器官が発達するタイミングが遅かったら、今頃は見知らぬおじさんを相手にしていたかもしれない。

魔術塔《マギア・トゥルリス》に迎えられてからのマイアの生活はそれまでとは一変した。いつもお腹を空かせていた孤児院時代が嘘のようなお嬢様暮らしだ。

衣食住の全てが国から与えられ、大人の侍女と護衛がマイアを聖女様と呼び傅《かしず》くのだ。一度こんないい生活を体験したら、二度と前の生活になんて戻れない。

恵まれた環境を手放さないために、マイアは努力した。

読み書きすらおぼつかない状態からのスタートだったから必死に文字を覚えたし、読み書きができるようになったら、治癒を施すにあたって必要になる医学や魔術の知識を頭の中に叩き込んだ。

他の聖女と違って六年も遅れて勉強を始めたマイアに最優先で施されたのは、治癒魔法を行使するにあたって必要な医療知識の講義で、礼儀作法は後回しだった。そのツケが今回ってきていて、マイアは無作法をやらかす度にアベルの冷たい視線と棘のある言葉にさらされる。

今にして思えば、立派な聖女になるために頑張りすぎた。

気が付いたら未婚の聖女の中では一番の腕利きになっていて、マイアは第二王子の有力な妃候補なんて言われていた。

もう少し手を抜いて、若手の中でも三、四番目あたりに見えるよう、自分の能力を抑えておけば良かったと後悔したときにはもう手遅れだった。

平民の、しかも孤児院出身のマイアに上流階級の人々が向ける視線は冷たい。一応国王が後見人として目を光らせてくれてはいるものの、聞こえよがしの陰口やちょっとした嫌がらせは日常茶飯事だ。嫉妬にやっかみ、礼儀作法のまずさを嘲笑う声など、マイアに向けられる視線には悪意と棘がふんだんに含まれていた。

それで折れるほどマイアは弱くはないけれど、傷付いていない訳ではない。

侍女のイエルと護衛のダグラスは、国王が手配してくれた側近だ。聖女を大切にするよう言い含められているらしく、こちらを馬鹿にしてくることはないし、マイアがおかしな行動を取るとそれとなく手助けもしてくれる。

だけど他人が常に傍にいる生活は気詰まりで、二人が眠った後のこの時間帯は唯一の安らぎだった。

マイアは枕の下に手を入れると、あらかじめそこに忍ばせておいた魔術筆《クイル》を取り出した。

これは魔道具の一種で魔術の発動媒体だ。『羽根《クイル》』の名で呼ばれるのは、内部に水晶孔雀という鳥の羽根の羽軸が使われていることに由来している。

聖女は基本的に医学を中心に学ぶので高度な魔術は習得していないが、護身と治療に使える初歩の魔術はいくつか心得ている。今からマイアが使うのはそのうちの一つだ。

魔術筆《クイル》に魔力を流すと先端が金色に発光した。そして横になったまま空中に構築するのは、自分の存在感を極限まで薄くする《認識阻害《ハイディング》》の魔術式だ。

これは、慣れない生活にマイアが疲弊していたときに、講師役の魔術師がこっそりと教えてくれた魔術だ。発動中は少しずつ魔力を消費していくが、護身にも一人でこっそり抜け出したいときにも使える魔術なので重宝している。

魔力で書き上げた術式に空いた左手で触れ、改めて魔力を追加で流すとようやく魔術が発動する。魔術式がすうっと消えるのを確認してから、マイアはゆっくりと起き上がった。

そしてナイトウェアの上から厚手の外套をはおり、防寒対策をしてからこっそりと天幕を抜け出す。外に出ると思ったよりも冷え込んでいた。

魔蟲討伐がこの一〇月に行われるのは、日中の外気温がぐっと下がって連中の動きが鈍くなるからだ。魔蟲の活動量が減り、かつ雪深くなる前の一〇月から一二月の初旬にかけてが討伐には最適な時季である。

マイアは夜目が利くほうだ。だから月明かりのおかげで辺りの様子がよく見えた。足音を立てないように細心の注意を払いながら歩きだす。目指すのは、ベースキャンプの結界内ぎりぎりを流れている小川のほとりだ。

あたりには柑橘とミントが混ざったような香りが立ち込めていた。魔蟲避《よ》けのお香の匂いだ。

虫の性質を持つ魔蟲には、ペパーミントやレモングラスといった虫避けに使えるハーブの匂いが有効だ。虫が嫌うハーブを何種類も調合し、魔術的操作を加えた特製のお香は遠征軍の命綱である。

目的地である川のほとりへと移動すると、マイアはその場に座り込んだ。

フェルン樹海はフェルン山の麓に広がる落葉性広葉樹の森だ。植生の中枢を成すのはオークの木である。

今の季節、オークは黄葉して葉を落とす。地面はふかふかの落ち葉で覆われていて柔らかかった。

上空を見上げると、満天の星空の中に大きな満月がぽっかりと浮かんでいる。

この時季は空が澄み渡り、特に夜空が綺麗に見える。

月の影響を大きく受ける魔力保持者にとって、月光浴は気持ちを落ち着かせる効果がある。だからマイアにとっての一番のストレスの解消法は、こうしてこっそりと天幕を抜け出して、月の光を浴びることだった。

魔術塔《マギア・トゥルリス》付属の教育機関で必死に頑張ったマイアは、一八歳で教育課程を修了し、聖女認定を受けると同時に第一部隊の討伐遠征への同行を命じられた。

今年でこの遠征に参加するのは三回目だ。

思えば初めて出会ったときからアベルの態度は酷いものだった。値踏みするような眼差しと冷淡な言葉に、お前のような下賤な女との結婚なんて認めないと言われているような気分になった。

結婚の噂が出回り始めてすぐに、一度だけ勇気を振り絞って、自分のことをどう思っているのか聞いてみたことがある。返ってきた言葉は、「王命が出れば受け入れる」という淡々としたものだった。

生まれながらの王族であるアベルには、政略結婚は当然のものなのだろう。そしてそれは聖女であるマイアにも当てはまるものだ。

孤児院出身のお針子として食い詰めて街娼になるよりずっといい。王子妃になれば当時では考えられないくらいの贅沢ができるのだからこちらも割り切るだけだ。立派な聖女になるために努力をしたのは、そもそも充実した衣食住の為である。

そう結論付けたものの、マイアも人間だから嫌な態度を取られれば腹が立つ。権力者に盾突いて罪に問われたら困るから、絶対に自分の心の中だけで収めると決めているけれど。

一緒に食事をしたときのことを思い出したらまたムカムカしてきた。怒りを鎮める為に、マイアはごろりと横になって上空の満月を見上げる。

——そのときだった。

視界に突然人影が飛び込んできた。

なんの気配もなく唐突に現れた人の姿にギョッと目を見開くのと、容赦なく左腕を踏まれるのは同時だった。

「いっ……！」「うわっ！」

マイアは痛みの、マイアを踏んだ人物は驚きの声をほぼ同時に上げる。

まだ《認識阻害《ハイディング》》の魔術が持続している状態だったのだが、あまりの痛みに悶絶した拍子に魔術が切れた。

「えっ、と……聖女様……？」

恐る恐る声をかけられて、マイアは腕を踏み付けてくれた人物がまだ年若い青年だということに気付いた。

「なんでこんな所に……」

「……眠れなくて。少し息抜きをしに来ただけ」

マイアは警戒しながら返事をした。

若い男は狼。魔術塔《マギア・トゥルリス》でも、聖女認定を受けてからも、何度も何度もマイアは周りから言い聞かされていた。

もし何かこの男が変な真似をしてくるようなら最大限の抵抗をしなければ。

マイアは体を起こすとさりげなく外套で隠すようにしながら護身用の魔術符を手に取った。

遠征中の聖女には、万一のときの為に魔蟲や不届き者を撃退するための魔術符が支給されている。

魔術符というのは魔道具の一種で、魔術師が魔術の準備時間《キャストタイム》を短縮するために術式を込めて作った呪符である。発動には魔力を込めなければいけないので魔力保持者にしか使えないが、魔術筆《クイル》で術式を書くという手間が不要になるので重宝されている。

ただし基本的に使い捨てで、作成には月晶石という希少な鉱石で作られたインクが必要になるのでそれなりに高価だ。なお、使い捨てではない魔道具の場合、月晶石の塊が内部に組み込まれるので更に値段が跳ね上がる。

今マイアが手にしているのは、《爆裂《バースト》》の魔術が込められた魔術符だった。

「申し訳ありません！　俺、今、聖女様のこと踏みましたよね？　大丈夫ですか⁉」

マイアの警戒をよそに、青年は慌てた様子で話しかけてきた。

「大丈夫よ。聖女は自己回復力が高いから頑丈なの」

聖女の癒しの魔力は聖女自身の体を常に万全の状態に保つ効果がある。

そのおかげで魔力器官が急速に目覚めた一二歳のとき、栄養状態が悪かったせいでバサバサだった髪や荒れた肌は徐々に綺麗になっていった。この魔力のおかげで特別な手入れなんてしなくても、今は常に肌も髪も最高の状態だ。これで髪の色が赤茶じゃなくて金色だったら完璧だったけれど、ないものねだりは贅沢というものだろう。上流階級に多い金髪はもてはやされる髪色だ。

既に踏まれたところは痛くない。だけど青年は改めて深々と頭を下げてきた。

「それでも痛かったですよね。本当に申し訳ないです。俺、聖女様には傷を治してもらった恩があるのに」

「そうなの？」

「はい。覚えてませんか？　俺、聖女様に二日前にお世話になっています」

「そうだったかしら」

遠征中は毎日のようにたくさんの怪我人の治療をしているから、一々誰を癒したかなんて覚えていない。特に二日前は大型犬サイズの軍隊蟻型の魔蟲の群れに出くわしたとかで、いつもより怪我人が多く忙しかった。

「ヘマして蟻の酸に右半身やられちゃって……聖女様が治療して下さらなかったら、この格好いい顔がとんでもないご面相になるところでした」

そう言って青年はへらりと笑った。

いくら夜目が利くとは言え暗闇の中なので、青年の顔まではわからなかった。髪の色が濃くてふわふわしていることと、兵士にしては体付きが細いことはわかる。

服装が正規兵のものではないので恐らく傭兵だ。魔蟲の討伐は、正規の軍人だけでは手が足りないため、傭兵ギルドに依頼して腕利きを何名か雇い入れているのが実情だ。

固い外皮や美しい翅《はね》は様々な工芸品や武具の素材になるため、魔蟲の死骸は高値で売れる。また、蜂型魔蟲の蜜や蜘蛛型の糸、ホットスポットにしか生えない珍しい薬草などの副産物が手に入ることもあるので、魔蟲狩りを専門とする傭兵は、腕に覚えがあればかなり実入りのいい職業だった。しかしその日暮らしの仕事だから、傭兵には気の荒い者が多い。警戒は緩めるべきではないだろう。

「体の表面が焼けた程度なら治せるけど、怪我の程度があまりにも酷いと治せない。私たちの治癒魔法は万能じゃないから怪我には気を付けてね」

「知ってますよ。内臓、脳、それから手足や目なんかの欠損も厳しいんですよね。俺もこの稼業長いですから、聖女様に治療してもらったのは実は初めてじゃないんです」

「傭兵になって長いの？」

「はい。一つ所に留まるのはできない性質《たち》なんで。あ、これあげます」

そう言いながら青年はその場で屈むとマイアに手を差し出してきた。

「……何？」

「飴ですよ。疲れたときは甘いものが一番です」

手を差し出すと、手の平にぽとりと紙に包まれた飴玉が落とされた。

「本当は聖女様、月光浴をしに来たんじゃないんですか？　すごくお疲れのように見えます」

青年の指摘にマイアはぎくりと身を震わせた。

「傷の治療は女性にはキツいですよね？　結構ぐちゃぐちゃのドロドロで」

「……そうかもしれないわね」

骨や内臓が露出した怪我人に凄惨に食い荒らされた遺体、大量の血液の匂い。

見習い聖女として初めて遠征に同行した年は、吐いたし眠れない夜を過ごしたが、今はもう感覚が麻痺したのか、負傷兵を見ても何も感じなくなった。

だけど慣れたと思っていただけで、本当は違ったのかもしれない。なぜなら人間関係が面倒なのは普段過ごす首都でも変わらない。

遠征中はアベルとの接点が増え、冷淡な態度や物言いに腹が立つが、首都は首都で別の煩わしさがある。

マイアは普段、王の居城であるヒースクリフ城内の施療院で働いている。施療院では常に聖女が詰めて治癒魔法を施しているが、聖女の治療を受けられるのは、役所の許可を得た患者と軍人に限られている。聖女は貴重だから、その治癒の奇跡は国に管理されていて安売りはしていないのだ。

なお、月に一度だけ市民に聖女の治癒が開放されるときがあるが、そのときは国中の町や村から治療を望む人が集まり長蛇の列ができる。

施療院でのマイアは異端者で群れから弾《はじ》かれる存在だった。

第一に平民の孤児という賤しい出自。

第二に魔力器官の発達が遅く、他の聖女よりも六年遅く学び始めたこと。

第三に学び始めが遅かったにもかかわらず、高い治癒能力を示し、第二王子の妃候補と言われるようになったこと。

これらの要因により、同僚の聖女だけでなく、貴族からもマイアは様々な悪意ある視線を向けられる存在となった。

マイアはまだアベルの妃になると正式に決まった訳ではない。アベルは王太子である兄のヴィクターと違って魔術師ではないので、他の世襲貴族出身の魔術師と娶《めあわ》せたほうがいいのではないかという意見があり、国の上層部では揉めているらしい。

年回りが合えばヴィクター王太子に嫁がされたと思われるが、生憎一回り年上の王太子は既に貴族出身の聖女を妻として迎え、二人の王子を儲けていた。第一子は魔力保持者なので、このまま無事成長すれば王家は次代も安泰という状況である。

マイアの嫁ぎ先は国の思惑で決められる。その婚姻の目的は、子孫に魔力器官や治癒の魔力性質を引き継がせることである。

現在マイアは二一歳だが、国としては気軽に動ける未婚の聖女の数を考えると、あと二年くらいはマイアには未婚のままでいてもらいたいらしい。

唯一の救いはフライア王妃がマイアに同情的で、何かと気にかけてくれることである。

誰よりも強い治癒魔力を持つことから王妃として迎えられたフライアだが、出自はマイアと同じ平民だ。とはいえ、フライアの実家は首都でも有名な商家なので、マイアよりずっと育ちはいい。それでも生まれのせいで色々と言われて苦労してきた人で、マイアのことも他人事とは思えないのだと言って色々と良くしてくれた。

王妃が味方になったことで、王妃を深く愛している国王もまたマイアに好意的だった。

国王夫妻の後ろ盾は更なるやっかみを生んだが、そのおかげで表立って何かをされるということはなかったのでマイアの中では差し引きゼロである。

マイアは国王が手配した護衛と侍女に常に守られていたので、身体的危害とは無縁だった。陰口の一つや二つや三つ、孤児院の新入りいじめに比べたら可愛いものだ。

孤児院時代は暴力や食事を奪われるなど、体に害のある嫌がらせが日常茶飯事だった。加えて体を売っていたかもしれない未来に比べたら、聖女の生活は多少いびられても許容範囲内である。

陰で野生の聖女だとか雑草聖女なんて言われていたけれど、野生上等雑草上等だ。野生の動物も雑草も、品種改良された家畜や農作物より強いのだから。


「……聖女様、大丈夫ですか？」

青年に声をかけられ、マイアははっと過去の回想の世界から我に返ると、頭を軽く振った。

「あなたの言う通り疲れていたみたい」

取り繕うように告げてから、手の中の飴玉を見つめる。

「……これは後で食べさせてもらうわね」

飴をガウンのポケットに仕舞おうとしたら、クスリと笑われた。

「もしかして警戒なさってますか？　変なものなんて入ってないですよ」

青年の言葉にマイアはぎくりとする。そんなマイアをよそに、青年はポケットからもう一つ飴玉を取り出すと口の中に放り込んだ。

「何種類かのハーブを煮出したものに練乳と蜂蜜を加えて固めたものです。なんなら魔術で浄化なさってくださって構いませんよ？　聖女様なら使えますよね？　毒を消す魔術」

青年の言う通りマイアには《浄化《ピュリフィケーション》》の魔術の心得がある。

《浄化《ピュリフィケーション》》は、人体に悪い影響を与えるものを取り除く魔術である。毒消しや化膿止めの効果が期待できるだけでなく、入浴の代わりにもなる使い勝手のいい魔術だ。

青年がこの魔術を使ってもいいというのなら、遠慮なく使ってやろう。マイアは外套のポケットから魔術筆《クイル》を取り出すと、《浄化《ピュリフィケーション》》の魔術を飴玉にかけてから口の中に放り込んだ。

甘い。美味しいのがちょっと腹立たしい。

「どうですか？　聖女様」

「悪くないわ」

「それは良かった」

青年が屈託なく笑う気配が伝わってきた。

「どうして夜中にこんな所にいるの？」

「同じ天幕の奴のいびきが強烈で……気になってどうしても眠れなくてちょっと散歩に」

「明日も早くから討伐に出るんでしょ？　睡眠不足だと辛いんじゃないの？」

「まあそうなんですけど。聖女様に会えたから差し引きゼロかなって」

差し引きゼロ。それはマイアが嫌なことがあったときに自分に言い聞かせる言葉だ。その単語が青年の口から飛び出してきたことでなんだか毒気が抜かれてしまった。

「手に触れても構わない？」

「え？　それは構いませんけど……」

マイアは立ち上がると、戸惑う青年の手を取って魔力を流した。疲労が取れるようにと祈りを込める。

「聖女様、これは……」

「飴のお礼よ。寝不足で怪我したら私の仕事が増えちゃうから」

「飴のお礼にしては貰いすぎですよ！　あの、俺、ルクス・ティレルって言います。聖女様、いつかあなたに何かあったらお返しさせてください」

青年の名乗りにマイアは目を見張った。魔蟲狩り専門の同じ名前の傭兵に聞き覚えがあったからだ。

細身の体に似合わず魔蟲の弱点である核を固い外皮ごと的確に刺し貫く技量を持った天才剣士。その剣術は、まるで剣舞のように華麗なのだと聞いたことがある。普段は単独でホットスポットに潜り魔蟲狩りに従事するフリーの傭兵で、国側から特別に招いて毎年討伐に参加してもらっているらしい。

マイアも遠目に彼を見たことがあるが、確かに目の前の青年はその特徴に一致していた。

ふわふわの焦げ茶の髪に茶色の瞳、鼻から頬に散ったそばかすが特徴的な二〇代前後の青年だったと記憶している。

「もしかして俺の名前、ご存知だったりしますか？」

「……聞いたことはあるわ」

「光栄です。聖女様にも知られてるなんて」

嬉しそうな声に不覚にも心臓が高鳴った。

有能な傭兵とこうして言葉を交わしたことはいつか何かの役に立つかもしれない。

「小さいけれど貸し一つでいいのかしら？」

「小さくなんてないですよ。聖女様には怪我も治して頂いてますから。本当にありがとうございました」

そう言ってルクスは頭を下げた。

「そろそろ戻りませんか？　送りますよ」

「結構よ。実は魔術でこっそり抜けてきたの。だから送られるのは逆に迷惑」

「そうですか。じゃあ俺はそろそろ戻りますね」

マイアの言葉にルクスはあっさりと引き、再びぺこりとこちらに一礼してから去っていった。

（変な人）

一人残されたマイアは心の中でつぶやいた。

二章　見習いの大聖女

一夜明け、仕事場である救護用の天幕に向かう途中でルクスを見かけたマイアは不覚にも動揺した。

やっぱり記憶にあるのと同じで、柔らかそうな焦げ茶の髪に茶色の瞳の穏やかそうな顔立ちの青年だ。

同じ傭兵仲間らしい人たちと一緒にいるが、周りの体格がいいからかなり華奢に見えた。

レザーアーマーに身を包んだ軽戦士という出で立ちで、腰には刺突用の剣である長いエストックを装備している。エストックは貴族が好んで使うレイピアと違って、より大きく無骨で実用的な剣だ。

ルクスがマイアに気付いた。しかしダグラスやイエルと一緒にいることを気遣ってか声はかけてこない。その代わり目配せされてマイアは慌てて目を逸らした。

こっそり抜け出したことがダグラスたちにバレたら大目玉を食らう。絶対に知られたくなかった。

◆
◆
◆

聖女は大切にされているので、無理な治療は強要されない。

首都にいるときも遠征中も、聖女が治療に従事する時間は決まっていて、その時間外に負傷した者の治療はよっぽどの理由がない限り呼び出されてまでは行わないし、仮に時間内でも魔力が切れたらその時点で終了になる。

朝一番は、前日魔力切れや時間切れで癒しきれなかった者がいたら治療をし、治療待ちの負傷者がいない日は医療物資の点検をすることになっていた。今日は前者なので、昨日魔力切れで癒しきれなかった負傷兵を順番に癒していく。

アベルが救護用の天幕を訪れたのは、その負傷兵の治療が一段落したときだった。

「アベル殿下、討伐には向かわれなかったのですか？」

尋ねたのはダグラスだ。彼は左目を失うまではアベルの側近を務めていたので面識がある。

「聖女見習いが急遽首都から送られてくることになったので出迎えに向かっていた。……入りなさい」

アベルの後ろから天幕に一人の女性が入って来る。その容姿があまりにも綺麗でマイアは思わず目を奪われた。

白金の髪に青金の瞳を持つ妖精のような女性だった。

けぶるように長い睫毛に透き通るように白い肌、頬にはほのかな赤みがさしており、まるで等身大の人形だ。スタイルも抜群で、ほっそりとした体は折れそうなくらいに華奢なのに、出るべきところはしっかり出ていて、聖女に支給される純白の制服が良く似合っている。

硬質な美形のアベルと並んだ姿は、絵画の一場面を切り抜いたように綺麗だった。

「彼女はレディ・ティアラ・トリンガム……トリンガム侯爵家のご息女だ。マイアと同じく一〇代になってから魔力器官が急発達した聖女で……少し事情があり、国王陛下に願い出て特例が認められ、領地内で聖女としての学問に励んでいたそうだ」

「初めまして、マイア様。正規の教育を受けていないという意味では私もあなたと一緒ですね。どうぞよろしくお願いいたします」

「聖女認定はまだだが、今日から見習い聖女として力を貸してくれることになった。マイア、色々と教えてやって欲しい」

何がどうなっているのかさっぱりわからないが、異例中の異例が起こったようだ。

マイアのようにある程度の年齢になってから魔力器官が急発達するのも異例なら、討伐遠征中に突然見習い聖女が現れるのも異例である。

森の外の村からこのベースキャンプまでは馬車を使っての行軍でも丸一日はかかる。その道のりを、軍とは別行動でやって来るなんて、一体どれほどの護衛を引き連れてきたのだろう。

マイアは戸惑いが先にきて、返事をするのも忘れてぽかんとティアラを見つめた。

「マイア」

アベルから咎めるように声をかけられ、マイアは慌てて我に返るとティアラに向かって会釈した。

「よ、よろしくお願いします……」

アベルはそんなマイアにため息をついた。挨拶もまともにできないのかと言われているみたいだ。

「……まずはここのやり方を色々とマイアから彼女に伝えるべきだろうが、先に確認したいことがある。ダグラス、こちらへ」

アベルに呼び出され、ダグラスは眉を顰めつつもアベルの前に進み出た。

「眼帯を取りなさい。ティアラは目や四肢の再生ができるそうなんだ」

その言葉に、天幕の中にいた全員の視線がティアラに集中した。

（欠損の再生ができるですって……？）

あり得ない、と思った。それは現在の最高位の聖女であるフライア王妃にも不可能な奇跡だ。

失われた部位の再生は神の御業と言われている。かつてそれを成し遂げた聖女が歴史上一人だけ存在したが――。

偉大なる再生の大聖女エマリア・ルーシェン。

彼女は一五〇年ほど前に隣国の魔術大国アストラで活躍した史上最高の聖女と呼ばれる女性である。

エマリアの治癒魔法で治せない怪我人はいなかったと言われている。それこそ四肢の欠損から心臓を刺し貫かれた患者まで、息さえあれば治療できたという伝説の大聖女だ。

「まあ、左目を失われたのですね。お気の毒です」

ティアラはダグラスを手近な椅子に座らせると、その前に立ち、普段は眼帯の下に隠れている眼窩《がんか》に手をかざした。そこは本来あるべき眼球が失われているせいで大きく凹んでいる。

「目を閉じていてくださいね」

前置きをしてからティアラは手の平から魔力を流した。その手は手袋に包まれているが、その生地ごしに金色の光が溢れ出る。

「欠損の回復には時間がかかります。少しお待ちください」

「……ぐっ」

ダグラスは呻き声を上げて顔を盛大にしかめた。

一体彼の体の中でどんな変化が起こっているのだろう。

「申し訳ありません。痛みますか？」

「はい。正直かなり……。耐えられないほどではありませんが」

「再生には痛みが伴います。どうかもう少し我慢してください」

変化が訪れたのは体感で一〇分ほど経過したときだった。

その場にいた全員が固唾を呑んで見守る中、ティアラの手の平から放たれた光が収束して消えた。

光が消えると、ダグラスの左目が落ち窪んだ状態からただ目を閉じている状態へと変化している。

「ゆっくりと目を開けて頂けますか？」

ティアラの言葉に従いダグラスが目を開けると、右目と同じ青灰色の瞳が姿を現した。

「見える……」

ダグラスは自分でも信じられないのか、まばたきを繰り返した。

そして、ゆっくりと首を動かしたり、手を目の前にかざしたりと視力を確認する様子を見せる。

「見えます、ティアラ様！」

「本当に見えるのか……？」

「はい！　アベル殿下。見えます！」

ダグラスは興奮した様子でアベルの質問に答えた。彼は普段寡黙なので、ここまで感情をあらわにするのは珍しい。

「ダグラス卿の目が治って良かっ……」

言葉の途中でふらりとティアラの体が傾いだ。

一番近くにいたアベルが反応し、ティアラの体を受け止める。

「ティアラ嬢！　大丈夫か！」

つー、とティアラの鼻から一筋の血が垂れてきた。

マイアは慌てて制服のポケットから清潔な手巾を取り出すと、ティアラの鼻にあててやる。

「魔力切れかもしれません。殿下、そこのベッドに寝かせてあげてください！」

天幕の中は騒然となった。

「大聖女エマリアの再来だ……」

誰かがつぶやいた言葉がマイアの耳に妙に残った。

◆　◆　◆

欠損の再生ができる大聖女が魔蟲討伐に加わったことは、瞬く間に第一部隊の間に広まって全体の士気を上げた。

ティアラが施せる再生の奇跡は一日に一人か二人が限度だが、既に第一部隊の隊員の中には、手足を切り落とさなければいけないような状態だった負傷者が三人出ていたので、彼らにとってティアラの存在は希望の光になった。それは勿論左目を治してもらったダグラスにも当てはまる。

「ティアラ様は凄いです。まさか私の目がもう一度見えるようになるなんて……」

ダグラスはこの討伐の間はマイアの護衛兼衛生兵を務めるが、討伐が終わり次第訓練を受けなおし、騎士への復帰を目指すことになった。

マイアの治療を手伝いながらも興奮状態が治まらないようで、すっかりティアラに心酔している。

ティアラの突然の討伐参加から早いもので既に二日が経過していた。

救護用テントでの治療に関しては、ティアラは魔力と相談しながら欠損の治療を優先して行い、通常の治療はマイアが担当するということになった。

治癒魔法の負担が減ったことはマイアにとっては喜ばしいことだった。しかし……。

◆
◆
◆

「ねえマイア様、マイア様は私とあなた、どちらが殿下の婚約者に選ばれると思います？」

ティアラから尋ねられたのは、彼女に誘われて一緒に昼食にあたる食事を摂っていたときだった。

討伐遠征中は日の出と共に行動し日の入りと共に眠りにつくので、早朝五時に朝食、一〇時に昼食、一五時に夕食にあたる食事を摂る。

マイアは、ティアラの訪れと共に増設された彼女専用の天幕に招かれていた。

ティアラの父、トリンガム侯爵は娘を溺愛しているらしく、この討伐に参加させるにあたってティアラ専用の豪華な天幕と護衛、そして使用人を一緒に送り込んできた。その中には専属の料理人もいて、目の前に並んだ食事は、アベルの天幕で出る食事以上に豪華な貴族的なものだった。

サンドウィッチにスコーン、ペストリー、そして香りのいい紅茶。この国では茶葉は外国からの輸入品なので高級品である。上流階級でなければ口にできない。

トリンガム家の天幕は、内装も豪華なら食事が載ったお皿も豪華で、ここだけフェルン樹海の中にいることを忘れそうになる空間になっていた。

ティアラは食事を運ばせると人払いをした。二人きりで話したい秘密の話があると宣言され、切り出されたのがアベル王子の婚約者の話だった。

「……殿下の結婚相手に選ばれるのはティアラ様になるかもしれませんね。だって私には欠損の再生はできませんから」

マイアがティアラの質問に答えると、ティアラは不安そうに上目遣いでマイアを見つめてきた。

「でも、再生には大量の魔力が必要になります。それに私、細かな傷を治すのはどうも苦手で……。マイア様は数をこなしていらっしゃるしこれまでの実績もありますでしょう？」

ティアラの態度からは、アベルへの恋心とマイアを意識していることが十二分に窺える。

「アベル殿下がお好きなんですか？」

単刀直入に尋ねたら、ティアラは頬を紅潮させた。そして熱に浮かされたような瞳をこちらに向けてくる。

「ええ……子供のときからの憧れでした」

ティアラは侯爵家のお嬢様だ。アベルと面識があってもおかしくない。

「私、一二歳のときに邸が火事になって……崩れてきた柱の下敷きになって両足を失った上に全身に大火傷を負いました」

突然の告白にマイアは目を見張った。

今目の前にいるティアラは五体満足だし肌も陶器のように滑らかで、そんな大怪我を負った痕跡は全く見当たらない。

「すぐにお父様が王妃陛下を呼んでくださって治療をお願いしたんですが、助け出して貰うために切り落とした足は元には戻りませんでしたし、焼け爛れた皮膚も完全には治りませんでした。特に呼吸器が火事の熱気で焼けたのが大きくて、どうにか命は繋いだものの寝たきりの状態になってしまって……だから殿下どころかまともに嫁ぐこともできないと諦めていたのですけれど」

ティアラは一度言葉を切った。

「マイア様みたいに魔力器官が急発達して、聖女の魔力に目覚めたんです。五年前のことでした。そうしたらみるみるうちに大怪我が良くなって、なんと足も生えたんですよ！」

うふふ、と微笑みながらさらりと言われたがその内容はマイアの理解の範疇を超えていた。

聖女の魔力が目覚め、異様に高まった自己治癒力のおかげで肌やら呼吸器が治るのはなんとなく想像がつくが、失われた足が再生するなんて聞いたことがない。

「足が……生えたんですか……？」

「ええ。それで伝説の大聖女様並の治癒魔力があるんじゃないかって大騒ぎになって……でもお父様ったら過保護なので、絶対に外に漏らさないでくださいって国王陛下にお願いして、こっそりと領地の中で聖女になるための勉強をするのを認めてもらったんです。だって私が大聖女エマリア様並の治癒魔力を持ってるかもなんて噂になったら、悪い人に目を付けられるかもしれないでしょう?」

「はあ……そうかもしれないですね……」

「お勉強が終わって聖女認定される目処が立ったのでようやく外に出ることを許して貰えたんです。そうしたらどうしてもアベル殿下とお会いしたくなって……またお父様に頑張って頂きました」

ティアラは小首を傾げてうふふ、と微笑んだ。

少し話しただけだが、彼女はふんわりとした独特の空気感の持ち主である。妖精めいた顔立ちもあいまって、どこか浮世離れした印象を受けた。

どうしよう。少し苦手なタイプだ。あまり深く関わりたくない。マイアは反射的にそう思った。

「今回、こちらに無理に来たのはマイア様に会うためでもあったんですよ。殿下の一番のお妃候補と言われている方がどんな方なのか見てみたくて」

唐突に含みのある言葉を投げかけられ、マイアは動揺した。そして悟る。ああ、やっぱり自分の直感は正しかった。

要はこのお嬢様は、マイアを値踏みしつつ牽制するためにここに呼び出したのだ。恋愛感情が絡んだときの女の子特有のいやらしさを感じてマイアは内心でげっそりする。

「私ではアベル殿下には釣り合わないと思ってます」

「そうでしょうね。食事のマナーも立ち居振る舞いもがさつでちっとも優雅ではありませんもの」

上品に微笑みながらも目は笑っていないし、言葉にも棘が含まれている。その姿にマイアはティアラの本性を見た気がした。

「ティアラ様という血筋も能力も文句の付けようがない方が出てきたのですから、きっと上のほうの人たちもティアラ様を殿下にと判断されると思いますよ」

身分の高い人には逆らわず、へりくだっておくのがマイアの処世術である。身分も立場も上の人間ににらまれてもいいことなんて一つもない。それくらいならちっぽけなプライドなんか捨てて、ぺこぺこ頭を下げるほうがずっといい。

「……随分と物分りがいいのね」

疑いの目を向けてくるティアラに、マイアは苦笑いを浮かべた。

「元々私、アベル殿下には気に入られていませんから」

「そうなの？」

「はい。ですから私のことはどうかお気になさらず」

これは本心だった。だってアベルとは仲良くなれる気がしない。

「……ところで話は変わりますけど、マイア様は私が来るまで毎日殿下と食事を共にされていたそうね。二人きりでお食事なんてとっても羨ましいわ」

彼女が来てからの夕食と朝食はアベルとティアラとマイア、三人で摂るように変わった。

皆まで言われずとも彼女の言いたいことがわかった。マイアは先手を打って申し出る。

「今日は熱が出たことにしますね。体調不良ということにすれば辞退できると思いますので」

マイアの言葉にティアラはにっこりと微笑んだ。

「物分りのいい方は大好きよ。私たちお友達になれそうね」

こちらとしてはあなたには近付きたくないです……。

とは面と向かって言えなくて、マイアはへらりと笑って誤魔化した。

◆◆◆

とりあえず、ティアラに釘を刺された日の夕食は、頭が痛くて熱っぽいことにしてアベルの天幕に行くのは辞退した。

次の日の朝食も回復しきっていないという名目で辞退し、代わりに特別に作って貰った消化のいいご飯を食べる。

討伐中の食事は後方支援部隊の兵士が担当しているのだが、指揮官用、一般兵士用に加えて病人食を作らせることになったのが少し申し訳ない。

昨日は麦のミルク粥で、今朝はパンをコンソメスープでトロトロに炊いたお粥が出てきた。お腹に溜まらない上にかなり物足りないが、アベルに礼儀作法を監視されて食べるご飯よりずっとマシだ。

この討伐隊は、三日後にはこのフェルン樹海を撤収して次のホットスポットに向かう予定だ。あと三日間、仮病を使い続けるのはさすがに不自然だろうか。

そんなことを考えながらいつも寝泊まりしている天幕を出ると、入り口にアベルが立っていてマイアはギョッとして硬直した。

「マイア、体調はどうなんだ」

今日もアベルの視線はとても冷たい。

「まだあまり良くないですが一応動くことはできます」

「調子が悪いなら休みなさい。今はティアラ嬢がいるし、聖女は討伐の命綱だ」

「少し熱っぽいだけで食事は摂れていますから……」

何より仮病で休むのはちょっと気が引ける。

「……今日は休め。指揮官命令だ」

強く言われ、マイアはぽかんと呆気に取られた。

氷海のような青い眼差しとマイアの視線が交錯する。

部下の健康管理も指揮官の仕事のうち、そういうことだろう。整備しなければどんなに性能の良い魔道具も耐用年数が下がってしまう。

（聖女は大切だものね……）

マイアはありがたく天幕の中でごろごろさせてもらうことにした。

◆
◆
◆

日中イエルは討伐隊の雑務を手伝っている。そしてダグラスはティアラを手伝いたいと言い出して、衛生兵として救護用の天幕に向かった。彼はすっかりティアラの信奉者になっている。

一人で寝泊まりしている天幕で休むことになったマイアは刺繍をして過ごすことにした。裁縫道具は街で過ごすときの暇つぶし用だ。

魔蟲の討伐には魔術の助けが必須である。そのため魔術の威力が落ちる喪月とその前後は避けて行われる。月が痩せている間はホットスポット近郊の街で過ごすことになるので、ある程度の暇つぶしを皆用意しているものだ。

マイアは元々お針子を目指していたので裁縫は得意である。今取り組んでいるのはリボンに刺繍を入れる作業だった。

「マイア様、今よろしいですか？」

「どうぞ」

天幕の外から声をかけられたので許可を出すと、ダグラスが顔をのぞかせた。

「ティアラ様がマイア様をお呼びです。昼をご一緒しませんかと仰られています」

いつの間にそんなに時間が過ぎたのだろう。黙々と針を動かしていると時を忘れる。

ティアラは専属の料理人を連れてきている。大多数の兵は討伐に出ているし、誘いに応じれば昼だけはまともなものが食べられそうだ。

「どこに行けばいいの？　ティアラ様の天幕？」

「……いいえ、今日は暖かいので外に準備をさせているようです」

「そうなの？」

マイアは裁縫道具を片付けると、外套をしっかりと着込んでからダグラスに付いて天幕を出た。

確かに今日は晴れていていつもより気温が高い。暖かい日は魔蟲の動きが活性化するのでちょっと心配だ。

怪我人と後方支援の人間しかいないので当然だが、昼間のベースキャンプは人が少なくて静かだった。

ダグラスは天幕が立ち並ぶ一角を抜け、森の中へと入って行こうとする。

「ダグラス卿、どこへ行くんですか？　そっちは結界魔術の範囲外ですよ？」

「合ってますよ、マイア様。ティアラ様がこちらにお連れするようにと」

首を傾げた瞬間、振り向いたダグラスがマイアの鳩尾《みぞおち》に一撃を加えた。

「……っ！」

突然のお腹への攻撃に息が止まる。

ダグラスは崩れ落ちかけたマイアの口に猿轡《さるぐつわ》を噛ませた。

そして手足をどこからともなく取り出した縄で縛り上げると、肩の上に担ぎ上げて森の方向へと歩き始める。

結界を抜け、魔蟲避けのお香の匂いも届かない範囲に連れて出され――。

「んー！　んむーっ!!」

じたばたと可能な限り暴れてみるが、縛られている上に体格のいいダグラスにがっちりと封じ込まれてどうにもできない。

（どうして？）

ダグラスは国王に忠実な元騎士で、ずっとマイアを守ってくれた護衛のはずなのに。

訳がわからなくて混乱している間にベースキャンプから随分と離れた場所へと移動していた。

「上手く連れ出せたんですね。ご苦労様です、ダグラス卿」

木々の影から男が三人現れた。見覚えのある兵士たちだ。

——全員が今回の魔蟲との戦いで負傷し、マイアが治療不可能と判断して四肢を切り落とす処置をした者たちだった。

今はティアラに欠けた手足を再生してもらい、全員が五体満足になっている。

「ダグラス卿、穴は一応こちらのほうに掘っておきました」

「そうか、協力感謝する」

ダグラスと男たちが交わす何やら不穏な会話に背筋が冷えた。

「あんたには可哀想だけど死んでもらいますよ、マイア様」

「可哀想なもんか。こいつの能力が足りないせいで俺たちは手足を切り落とされる羽目になったんだぞ」

「違いない。この役立たずが」

「そもそも平民の癖に生意気なんだよ」

兵士たちはマイアに冷たい言葉を投げかけてきた。表情が怖い。瞳が奇妙な熱を帯びている。

「……ずっと騎士に戻りたいと思っていました。あの目を失った日から」

ダグラスがぽつりとつぶやいた。

「あなたにもっと力があればこの二年、あなたの護衛などに甘んじてくすぶることはなかったんですよ」

その声はぞっとするほど暗かった。

「消えてくださいマイア様。ティアラ様がそれをお望みです」

ダグラスはそう囁くと、マイアの体を乱暴に地面に放り投げた。

そして腰の剣を構えると、容赦なくマイアの左胸に突き立ててくる。

(どうして——)

熱い痛みを覚え、目を見張ったマイアの目に最後に映ったのは、氷のように冷たいダグラスの青灰色の双眸《そうぼう》だった。

◆◆◆

……いたい。

左胸が酷く痛む。

「う……」

ずきずきとした痛みに直前の記憶を探ったマイアは、ダグラスに刺されたことを思い出して身震いした。

……自分は死んでしまったのだろうか。

その割には刺されたはずの胸以外にも全身のあちこちが痛む。

マイアは死後でも痛みからは解放されないのかと自問自答しながら目を開けた。

すると天幕の屋根らしきものが視界に入って来る。

見覚えのない天井だ。ゆっくりと辺りを見回し、眉をひそめる。

マイアは小型の天幕の中に寝かされていた。人が二人入るのがやっとという大きさだ。こんな小さな天幕はベースキャンプにはなかったと思う。

中を観察すると、天幕の隅には大きな背嚢《はいのう》と、細めで長い剣が置かれていた。

天幕の下には厚手の布が敷かれている。マイアが眠っていたのは、布の上に設置された寝袋の中だ。

自分の体を点検すると、見覚えのないやけに大きな服を身に着けていた。何がどうなっているのかさっぱりわからないが、どうやら死後の世界にいるのではなさそうだ。

（ここはどこ……？）

そして自分は一体どうなったんだろう。直前の記憶では、ダグラスの剣で胸を刺し貫かれたはずなのに。

体の節々が軋むように痛んだが、どうしても胸元を確認したくてマイアは痛みを堪《こら》えて体を起こした。

そしてぶかぶかの服の裾を胸元まで捲《まく》りあげたとき――。

「うわっ！」

人の声が聞こえたのでそちらに目をやると、天幕の入り口から見覚えのある青年が顔を覗かせていた。

「ごめん！　まさか起きてると思わなくて！」

青年はあわあわと慌てた様子を見せると、天幕の外へ出ていってしまう。

（今のはルクス・ティレル……？）

ふわふわの焦げ茶の髪に素朴な印象の顔立ちの青年は、確かに魔蟲討伐遠征に参加していた傭兵だった。

「入ってきて大丈夫よ。……服なら戻したから」

マイアは服の裾を戻すと外のルクスに声をかけた。

体の状態を自分で確認するよりも、事情を知っていそうなルクスに話を聞いた方が早いと思ったのだ。

天幕の入り口の布が捲《めく》られて、ルクスが再び顔を出す。

「ごめん、えっと、よくよく考えたら手当のときに着替えさせたのは俺なんで……もう聖女様の裸は見ちゃってるんだけど……」

ものすごく申し訳なさそうに告白されて、マイアはかあっと頬を染めた。手当ての為の不可抗力とはいえ、異性に裸を見られたと思うと恥ずかしい。

しかし、自分も治療や学校での医学の勉強の中で男性の体は隅々まで見たことがある。だから恥ずかしがることではないと自分に言い聞かせた。

「一応、なるべく見ないように気を付けたんだけど……」

「だ、大丈夫です。私も治療のときに異性の体を見ることはありますから……あの、あなたが助けてくれたの……？」

「ええ、何者かに危害を加えられて埋められていたのを見つけたので。服や傷の状態を見た感じ、誰かに刺されたんじゃないかと思ったんですが、何があったのか話してもらってもいいですか？」

マイアは躊躇《ためら》った。ティアラの指示でダグラスたちに刺されたことを、果たして気軽に話してもいいものだろうか。

「……俺が信用できませんか？」

「ごめんなさい……」

小さな声で謝ると、ルクスは軽く首を振った。

「聖女様が警戒するのも仕方ないです。殺されかけてますからね。俺が把握しているベースキャンプの状況とか、聖女様を見付けたときのことを今から話すんで、信用できると思ったら話してもらっていいですか？」

それは願ってもない提案だった。

「お願いします」

マイアが頷くと、ルクスはマイアが丸二日眠っていたと前置きしてから、二日前にベースキャンプで何があったのかを順を追って話してくれた。

◆
◆
◆

二日前――。

ルクスが魔蟲の討伐からベースキャンプに戻ると、マイアが行方不明になったと騒ぎになっていた。

指揮官のアベルは兵を集め、まずは点呼を取った。すると、マイアだけではなく、ラーイ・イェーガーという二〇代の騎士もいなくなっていることが判明した。

ラーイは若手の中では有望株として知られていて、そのときは討伐中に大きな怪我を負い、聖女による治療は終わっていたものの、大事を取ってベースキャンプに滞在していた。そこでティアラがおずおずと証言したそうだ。

「マイア様は同性である私にだけ打ち明けて下さったのですが、殿下のお妃候補と噂されていることを負担に思っていらっしゃったようです。本当は別に好きな方がいるのだと仰って……だからもしかしたら駆け落ちを……」

「ラーイ殿の治療を担当したのはマイア様でしたが、思えば治療のときに随分と親しげにお話をされていました。申し訳ございません。私の監督不行届です」

引き続いて証言したダグラスの言葉に、アベルは呆然とした表情を見せたらしい。ややあって気を取り直したアベルは、動ける兵士全員にマイアとラーイの捜索を命じた。

ルクスもまた捜索に当たることになり、そのときに土の下に埋められていたマイアともう一人、ラーイと思われる青年を発見したのだという。

「残念ながら聖女様と一緒に埋められていた男のほうはもう事切れていました。聖女様は辛うじて息があったけど、何かで縛られていたような痕やら刺された形跡があったから、ベースキャンプには戻さないほうがいいって判断してここに連れてきたんです」

マイアはルクスの話を聞いて頭を抱《かか》えた。

「どうしてティアラ様は私を殺そうとしたの……」

しかも駆け落ちをしたなんていう嘘をついて。

「へえ……聖女様をこんな目に合わせたのはあの新しい聖女様なんだ」

ルクスの発言にマイアははっと口元を抑えた。

うっかり漏らしてしまった。しかし言ってしまったものは仕方ない。マイアは諦めるとルクスに白状した。

「私の胸を刺したのは私の護衛兼衛生兵だったダグラスよ。ティアラ様が望んでるからって言ってた……」

「……なるほどね。だとしたら原因は痴情のもつれって奴になるんですかねぇ」

「はい？」

マイアはぽかんと呆気に取られた。

「だって明らかに三角関係でしたよね？　アベル王子はマイア様が好き。新しい聖女様……ティアラ様だっけ？　あの人はアベル王子が好き」

「いや、その前提は間違ってるでしょ」

思わずマイアは突っ込んだ。

「アベル殿下が私を、なんて絶対ないわ。どれだけあの方の視線が冷たかったか……」

「いや、結構俺たち下っ端の間では噂になってましたよ？　あの人無意味にマイア様のことを視線で追いかけてたから……」

マイアはルクスに疑いの眼差しを向けた。そしてこれまでのアベルの態度を思い返す。

冷淡な眼差しに必要以上にこちらと会話しようとしない事務的な態度、たまに口を開いたかと思ったら、こちらの礼儀作法の粗を指摘する言葉ばかりだった。

「ありえないって顔ですね。王子様も報われないなぁ」

ルクスのどこか可哀想なものを見るような眼差しに、マイアはなんとなくムッとした。

「仮に殿下が私を好きだったとしても、それで人を殺したいと思うかしら？　飛躍しすぎなのでは？」

「もしかしたら聖女としての能力的なところでも思うところがあったのかも？　ティアラ様の治療はすごく時間がかかる上に、すぐ魔力切れになるって聞きました」

それはマイアも気付いていた。ティアラは欠損の再生ができる素晴らしい治癒力を持ってはいるが、魔力の使用効率が悪く、同じ程度の軽傷者を癒すときはマイアより時間がかかる。

しかし、それは恐らくまだ医療知識が足りておらず、実践も足りないせいではないかとマイアは分析していた。これからもっと人体や医療の知識を深め、場数を踏めばきっと少しずつ改善していく。

「……現状の魔力効率は確かに悪いけど、ティアラ様が私以上の治癒魔法の使い手なのは間違いないわ。だからそんなことが人を殺したいと思うほどの動機になるとは思えない」

「でも現にマイア様は殺されかけてますよね？　世の中には些細な理由で信じられないことをする頭のおかしい人は案外いるものですよ」

（頭のおかしい……）

マイアはティアラの妖精のような美貌を思い浮かべた。

アベル王子の話をしたときはちくちくと刺のある言葉をぶつけられたけれど、殺したいと思うほどの感情をマイアに抱いているとはやっぱり思えない。

「……俺はマイア様がベースキャンプに戻るのは反対です。なんて言うか、今のあそこは雰囲気がちょっとおかしいんですよ。それも決まってティアラ様の治療を受けた連中が」

そう告げたルクスの眼差しはやけに真剣だった。

「なんて言うのかな……信者っぽくなるんですよね。ティアラ様は凄い。あの人にまた治して貰いたい、そんな感じのことをぶつぶつつぶやいて」

ダグラスの顔が思い浮かんだ。確かにティアラに左目を再生してもらってから、彼は熱に浮かされたような眼差しでティアラを称えていた。騎士として前線に復帰できるのがよっぽど嬉しいのかと思っていたが……。

「ティアラ様はおかしいです。欠損の再生ができるなんて普通じゃない。俺もこの稼業長いんで、色々な聖女様を見る機会がありましたが、あそこまでの治癒能力を持つ人の話は聞いたことがない」

「伝説の大聖女エマリア様がいるじゃない」

「それはそうなんですけど……」

ルクスはマイアの反論にどこか困った表情で口ごもった。


「私、よく生きていたわね。ダグラスの剣は心臓を逸れていたのかしら」

マイアは気まずい沈黙を破るために発言した。するとルクスも同意してくる。

「正直なところ、俺も息があったことに驚きました。制服の胸のところにこれくらいの大穴が開いていて、血みどろだった上に埋められていたのにまだ息があったんで……息があったからこそ見つけられたんですけど、そこから普通に回復するとは正直予想外でした。噂には聞いていましたが聖女の自己回復力は凄いですね。俺がやったのは着替えさせて体を綺麗にしたくらいなので」

「致命傷を受けても回復するっていうのは聞いたことがないから、心臓は逸れていたのかも……」

自分でも生きていたことにびっくりである。

「私、埋められていたのよね？　よく見付けられたわね……」

「人捜しは得意なんです」

ルクスはそう言ってへらりと笑った。

「……ここはどこなの？　まだフェルン樹海の中？」

「はい。ただ、さすがに俺も意識のない人を背負ってホットスポット内を歩けるほどの技量はないんで、まだあんまりベースキャンプからは距離を取れてないです」

「私を見つけてから二日が経っているのよね？　もしかしてあなた、脱走したの？」

遠征中の軍からの脱走は正規兵なら軍法会議ものだし、傭兵の場合はギルド内での信用をかなり落とすはずだ。報酬は前金と後金に分けて支給されるので、後金は当然貰えないし、違約金を請求される可能性もある。

マイアの質問に、ルクスは軽く肩をすくめるとわしゃわしゃとふわふわの髪の毛を掻き回した。

「……そうですね、そんな感じです。正直後金が貰えないのは痛いですし、ギルド内の評価を考えるとまずいと言えばまずいんですが、治癒魔法という希少な才能の持ち主が殺されかけたってのが許せませんでした」

不覚にもドクンと心臓が高鳴った。

ルクスは自分の身の危険や不利益も顧みずマイアを助けてくれたのだ。

医学に初歩の魔術、礼儀作法と、これまで立派な聖女になる為の勉強ばかりしてきたマイアは異性に免疫がない。だから歳が近くて優しそうな男の人にこんなことを言われるとちょっとときめいてしまうのだ。……と自分に言い訳をする。

そして気持ちを引き締めた。勘違いしてはいけない。ルクスが助けてくれたのはマイアが『聖女だから』だ。本人だってそう言ったではないか。

「……あなたには貸し一つあったはずだけど、それ以上のことをして貰ったのね。それにしても二日も魔術師の結界外で生き延びられるなんて凄いわ」

「ああ、まぁ、俺には色々とあるので……」

何やら言葉を濁されてマイアは心の中で首を傾げた。

「そんなことよりマイア様、これからどうします？　俺としてはあなたを害そうとしたティアラ様のいるベースキャンプには帰したくないです。王子様はかなり必死だったからちょっと心は痛みますけど……」

「そうね、私もティアラ様やダグラスが怖い」

ついでにアベルの冷たい視線も脳裏をよぎった。

常に冷淡だったあの人がマイアのことを……なんてルクスの評価はちょっと信じられない。

「ここまで来たらこの際なので、マイア様の安全が確保されるまではお付き合いしようかと思うんですが、俺がマイア様に示してあげられる道は二つです」

そう告げると、ルクスは指を二本立てた。

「まず一つ目、この国の首都まで送るので、国王陛下に直接何があったのかを申し立てる。ただこれは、正直賭けっていう側面もあると思います。ティアラ様は力のある世襲貴族のお嬢様ですし、おまけに再生という極めて強力な治癒能力の持ち主でもある。政治的判断が働いてマイア様の訴えは握り潰されるかもしれない」

ルクスの指摘にマイアは身を震わせた。

確かにその指摘は的を射ている。トリンガム侯爵家といえば国境の番人と呼ばれる名家だ。建国時に大きな功績のあった家で、その忠節を買われて東の国境に封じられ、隣国アストラの動向を監視する役目を任されたという武の家柄である。

名門世襲貴族にはよくあることだが魔力保持者をよく輩出する家柄で、現在の当主にしてティアラの父のオード・トリンガムも魔術師だったはずだ。魔力保持者同士で婚姻したとしても、子供への魔力器官の遺伝確率は二、三割と言われているので、二代続けて魔力保持者を、それも娘が聖女であるというのは快挙と言っていい。

国王夫妻はマイアの後見人となり、色々と気にかけてはくれたけど、ティアラとマイアの言い分が食い違ったときにどちらを信じてくれるかは、確かにルクスの指摘通りわからない。

マイアの訴えが握り潰された場合マイアの扱いはどうなるのだろう。討伐遠征の途中で男と逃げた愚かな聖女と言われるのだろうか。ろくでもない予想しか出て来ない。

顔をしかめて黙り込んだマイアにルクスは小さく息をつくと、「こっちのほうが俺のおすすめなんですが」、と前置きしてから口を開いた。

「いっそのことこんな国捨ててアストラに亡命する」

ルクスの口から飛び出してきたのは、東隣の魔術大国の名前だ。思ってもみなかった選択肢である。

「……そんなことが可能かしら」

国境はホットスポットでもある険しい山岳地帯で隔てられており、隣国に向かうには特別に整備された街道を通るしかないのだが、国境には当然関所が設けられている。この国が魔力保持者の国外流出を簡単に許すとは思えない。

「俺が手を貸せば結構高い確率で成功するって言ったらどうします？　国境を越えた後の伝手にも心当たりがあります」

「……成功確率が高くて亡命後の生活保障もあるのなら亡命一択ね。だけど、私はまだあなたが信用できない」

少し考えてから答えるとルクスは苦笑いした。

「当然ですね。マイア様と俺はまだ知り合ったばかりだ。だからとっておきの秘密を教えてあげますよ」

ルクスはそう宣言すると左手を目の前に持ってきて、その中指にはまっていた太い銀色の指輪を引き抜いた。

すると髪の色が焦げ茶から金茶に、瞳の色も茶色から変化する。

マイアは特に瞳の色の変化に目を奪われた。

――瞳孔付近は緑色だが、虹彩の輪郭側に向かうに従って金色を帯びる瞳は魔力保持者の証だ。

「魔術師……？」

呆然とつぶやくと、ルクスは頷き、懐から魔術筆《クイル》を取り出すと魔術式を宙に展開した。

構築された魔術式はマイアにも馴染みのある《浄化《ピュリフィケーション》》だ。その魔術をルクスは自分にかけた。

すると、すうっと鼻から頬に散ったそばかすが消える。

そばかすは化粧か何かだったのだ。いや、それよりも、魔術筆《クイル》を持っていて、更に使うところまで見せられたら決定的ではないか。

「なんで魔術師がこんなところで傭兵なんかやってるのよ……」

この国では、聖女ほどではないが魔術師も貴重な人材だ。

魔術塔《マギア・トゥルリス》の教育課程修了後はもれなく全員が宮廷魔術師として召し抱えられて、軍人や研究者など魔術に関わる仕事に従事することになる。

「俺はこの国の魔術師じゃありませんから」

「えっ……」

「俺はアストラの出身です。……この国には諜報員《ちょうほういん》として入り込みました」

マイアは大きく目を見開いたまま食い入るようにルクスの顔を見つめた。

髪と瞳の色が変化し、そばかすも消えたことで受ける印象が劇的に変わった。明るく華やかな髪と瞳の色のせいか、どこぞの貴公子と言われても通用する見た目である。

いや、魔術大国、アストラの魔術師ということは、彼は貴族に相当する特権階級の人間だ。世襲貴族が力を持つイルダーナと違い、アストラは魔力保持者によって統治される国である。かの国では、たとえどんなにいい家に生まれても、魔力器官が発達しなかったら平民という扱いになると聞いたことがある。

魔術師だという告白も驚きなら諜報員という告白も驚きだ。確かにとっておきの秘密だが……。

「どうしてそんなことを私に明かすの」

マイアは警戒心をあらわにルクスを睨みつけた。

「マイア様が今置かれてる状況を色々と考えた結果、正直に身分を明かして真正面から口説くほうがいいと思いました」

「口説く」

「はい。ルクス・ティレルは偽名で、私の本当の名前はルカ・カートレットと申します。アストラの国家諜報局に所属する国家魔術師です。聖女マイア殿、どうか我が国にお越し頂けませんか？　当国はあなたを治癒魔術師として受け入れる用意があります」

ルクス……いや、ルカのその言葉を聞いて、マイアは自分を助けてくれた理由に納得した。それと同時に心の中に落胆も広がる。

不利益も顧みず助けてくれたのだと思って、ちょっとときめいた自分が馬鹿みたいだ。

どうして忘れていたのだろう。人は基本的に自分に得がなければ動かない。マイアが聖女としての勉強を頑張ったのだって充実した衣食住のためだ。

「ルカ様が私を助けてくれたのは引き抜くためだったのね……？」

今のマイアでは、彼が隣国の回し者だと国に訴えることもできない。そこも計算の上で正体を明かしたに違いない。とんだ食わせ者だ。

睨み付けるマイアに、ルクスは苦笑いを浮かべた。

「……確かにその通りです。傭兵ルクス・ティレルの実績を捨ててでも取り込む価値があると判断いたしました。ですがあなたを助けたのは、あなたの境遇に思うところがあったからでもあります」

「どういう意味ですか？」

「出自を理由に侮られるなどアストラではありえない。それも高い治癒能力と魔力を兼ね備えた聖女だというのに。……もし不快に思われたら申し訳ないです」

同情されていたと思うと確かに少し嫌な気持ちになった。だけどそれを彼にぶつけるのは得策ではないと頭の中で計算する。

「……不快だなんて思っていません。助けてくれたことにただ感謝しています。ありがとうございました」

マイアはルカに向かって頭を下げた。

そして彼が魔術師ということで、色々なことに説明がつくと気が付く。

地面に埋められていたマイアを見つけたことも、ベースキャンプを出奔して二日間も寝たきりの人間を抱えながら無事に過ごせたことも、探知魔術や結界魔術の使い手であれば十分に可能だ。

また、傭兵と言うには細いルカの体格にも得心がいった。

魔力保持者は一般的に筋肉が付きにくく体つきも華奢になる傾向がある。魔術という強力な力の代わりに、体力や身体能力面で普通の人間に劣るという欠点があるのだ。

だからただ一つ、整合性が取れないのは、彼が優秀だと噂される剣士であることだ。

マイアはちらりと天幕の隅に置かれているルカの剣に視線を送った。彼が愛用している剣は刺突用の細身剣に分類されるが、中でも大振りなことで知られるエストックと呼ばれる剣なので、扱うには相応の筋力が必要になるはずだ。

マイアも魔力保持者の例に漏れず、身体能力は普通の女性より大きく劣る。剣を自在に扱う魔術師の話なんて聞いたことがない。

「俺が剣を使うのが不思議ですか？」

マイアの視線に気付いたのか、ルカに尋ねられた。

「はい。どうしてこんなに大きな剣を扱えるんですか？　魔術師なんですよね？」

「俺が一番得意なのは身体強化魔術だからです。その代わり他の魔術は苦手で……」

答えながらルカは左の袖を肘のあたりまで捲《まく》った。

すると、あらわになった素肌には、何かの植物を意匠化した文様が黒い染料で描《か》き込まれていた。

「刺青……？」

この国の兵士や傭兵の間では、験担ぎの為に刺青を入れる者が少なくない。

「はい。よく見てもらうと魔術式が書き込まれています」

確かにルカの言う通りだった。近付いてよく見ると、図案の中にさりげなく魔術式が書き込まれている。

「魔力を流すとこんな風に術式が発動します」

その発言と同時に刺青の中の魔術式の部分が金色に発光した。

「異国では普通の剣士に擬態するためにも魔術筆《クイル》をおおっぴらに使う訳にはいかないので。……擬態できるからこそ諜報員として酷使されてるんですけど」

ルカは苦笑いしながら袖を元に戻した。


「マイア様、どうなさいますか？　アストラに亡命するか、この国にこのまま残るか」

ルカから改めて二択を迫られ、マイアは即答できなかった。

「とりあえず半死半生の大怪我からまだ目覚めたばかりですし、今日のところはゆっくり考えてください。ただ、明日にはマイア様の体調を見つつではありますが、移動を始める予定です。今後月は痩せていく一方ですし、手持ちの食料も心もとないので」

そう告げると、ルカは今のマイアでも食べられそうな物を準備すると言って天幕を出て行った。

一人天幕の中に残されたマイアの手元には、胸元に穴の開いた聖女の制服と自分の魔術筆《クイル》がある。

これは、今後を考える参考にして欲しいとの前置きと一緒にルカから渡されたものだ。

天幕でダラダラしているところをダグラスに呼び出されたのだ。マイアが唯一この状況下でも使えそうな持ち物は、常に肌身離さず持っていたこの魔術筆《クイル》だけだったようだ。

刺されてから二日が経過しているというルカの話から計算すると、今の月齢は二一だ。

この世界の月は三〇日周期で満ち欠けする。月が痩せるほど魔術師の戦闘能力が落ちることを考えたら、確かに早めに移動をしてこのホットスポットを抜けなければいけない。


マイアはまず自分の体を点検した。

服を捲《めく》って刺されたはずの左胸を確認すると、引き攣《つ》れるような傷痕が残っている。

体は少しふらつくけれど問題なく動きそうだ。ただ、体内の魔力は底を尽きかけていた。

聖女は自分に治癒魔法をかけられない。その代わりに備わっているのが極めて高い自己回復力だ。

恐らく魔力がごっそりと目減りしているのは、瀕死状態からの回復に魔力が費やされたせいである。

もう一晩寝れば、たぶん普通に動けるようにはなると思う。だからまず考えるべきなのは、魔蟲の巣窟であるこのホットスポットを無事に出ることだ。

その後は……。

マイアは視線を手元の聖女の制服に落とした。埋められていたという証言の割にそこまで汚れていないのは、きっとルカが魔術で綺麗にしてくれたのだろう。しかし《浄化《ピュリフィケーション》》は洗濯と同じで時間が経過した布の汚れを完全に落とすことはできない。制服の胴体部分には、血液と思われる茶色の汚れがまだ残っていた。

考えれば考えるほどアストラへの亡命しかない気がする。だけど全面的にルカを信じてもいいものだろうか。

助けてくれたのは確かで、外国の魔術師というのも恐らくは間違いない。しかしアストラの諜報員というのはあくまでも自称で、それを裏付ける客観的な証拠はまだ確認できておらず、悪人ではないという保証もどこにもないのだ。

見た目は穏やかで優しそうだが、それだけで人間の本質を判断するのは危険である。

どこかで豹変してマイアを襲ってきたらどうしよう。

襲われて純潔を散らされるくらいならまだいい。性奴隷として監禁されたり、悪い貴族や裏社会に売り飛ばされて治癒の魔力を搾り取られる可能性もあるかもしれない。過去に聖女が誘拐されて、悲惨な目にあったという事例はいくつも報告されている。

マイアは深く大きなため息をつくと、ごろりと寝袋の上に横になった。

頭が痛くなってきた。きっと色々なことを考えすぎたせいだ。

（そもそも私、一人で街まで出られないんだわ）

そのことに気付いて笑いが込み上げてきた。

ここはホットスポットのど真ん中だ。ベースキャンプに戻るにしても、森を出るにしても、ルカの助けがなければ既にどうもならない状況になっている。

(よし、決めた)

ルカが見つけて助けてくれなかったら失っていたかもしれない命だ。

助けた対価として貞操とかそれを超えるものを要求されたとしても、それはルカが受け取るべき正当な報酬だと思うことにする。

聖女の力に目覚めていなければ、下町で貧しい暮らしをしていたに違いないのだから、それを思えば大抵のことは耐えられるはずだ。

(いや、色々治せって言われて魔力を搾り取られるのはともかく、汚いおじさん複数人に……とかはさすがにやだな……)

ルカは格好いいから彼となら許容範囲……と考えたところでマイアはぶんぶんと頭を振った。

悪いことは考えない。気持ちが落ちるだけだ。

ルカが天幕内に戻ってきたのは、マイアが大きく深呼吸をしたときだった。

彼は両手にカップと器を持っている。器からは湯気が立っており、食べ物のいい匂いがした。

「麦を固めて作った携行食に干し肉と野草を加えて炊いたスープです。食べられそうですか?」

差し出された器にはスープが、そしてカップには水が入っていた。空腹感はそれほどでもないが喉は酷く渇いている。

「ありがとうございます」

マイアはお礼を言いながらありがたく受け取ると、まずはカップに口を付けた。

「おかわりはいりますか？」

ごくごくと一気に飲み干すと尋ねられた。こくりと頷くと、ルカは魔術筆《クイル》を取り出し、魔術式を構築した。そして清潔な水の塊を空中に作り出すと、器用に魔力を操作してカップの中に注いでくれる。

水を飲んだら人心地ついたので、マイアはスープに口を付けてみた。香草や塩でしっかりと味付けされており結構おいしい。

（食べなきゃ）

正直食欲はあまりなかったが、頑張って流し込んだ。

討伐遠征では魔術師と聖女は馬車でベースキャンプまで運ばれるが、ルカと外を目指すとなると当然歩きになるに違いない。

マイアは体力には全く自信がない。絶対に足手まといになるという確信があるが、その度合いを減らすためにもまずはしっかり食べなければ。

温かいものを口にすると、少しだけ気持ちが和らいできた。

「ルカ様、私、決めました。アストラに連れて行ってください」

意を決して宣言すると、ルカは嬉しそうに微笑んで頷いた。

「決断してくれて良かった。――ならここからは敬称も敬語もなしで。マイアって呼ばせてもらうから、マイアも俺のことはルカと呼び捨てにして欲しい」

「……いいんですか？」

「亡命の旅をするのに、お互いにかしこまった言葉を使い合っていたら怪しまれるだろ？　森を出たらまず仲間のところに向かって、それから行商人に化けるつもりなんだ。だから街に到着してからボロを出さない為にも今から練習しておいたほうがいいと思う」

ルカは切り替えが早い。早速砕けた口調になっている。

「わかりまし……わかったわ」

マイアは敬語を使いかけて慌てて言い直した。


食事が終わると、ルカは自分の魔術筆《クイル》を取り出して《浄化《ピュリフィケーション》》の魔術式を構築した。そして魔術を発動させると、器とカップが一瞬にして綺麗になる。

「ありがとう。私の体を綺麗にしてくれたのもこの魔術よね……？」

「うん。身体強化以外の魔術は得意じゃないんだけど、この手の生活魔術は便利だから必死で覚えた」

水の生成や衛生環境を整える魔術は、確かに野外活動を行う上では絶対に使えたほうがいい魔術だ。かく言うマイアもこの《浄化《ピュリフィケーション》》や《水生成《クリエイト・ウォーター》》といった利便性の高い魔術は心得ている。

「もうすぐ日が落ちるけど眠れそう？　寝過ぎで眠れそうにないなら少し月の光を浴びるといいよ」

「……ありがとう」

「野宿の間は悪いけど同じ天幕で寝てもらうことになる。一応布で仕切りを作ろうと思うけど我慢して欲しい。それと外には魔蟲避けの結界を張ってあるから、月光浴はその範囲内で行うこと。うっかり結界の外に出たら襲われるかもしれないから気をつけて」

「わかったわ」

ルカの注意にマイアは頷いた。

◆
◆
◆

少し時は遡る。

聖女マイア・モーランドが行方不明になり、丸一日が経過したベースキャンプには、疲れきった表情で捜索から戻ってきたアベルの姿があった。

(どこに行った、マイア……)


前日の討伐から引き上げてきて、マイアの不在が判明したとき、ベースキャンプ内は大騒ぎになった。

現在国に一八人しか認定されていない聖女のうちの一人が行方不明になったのだ。近々もう一人、ティアラ・トリンガムが追加される予定とはいえ、マイアが貴重な人材であることに変わりない。

食事を返上して捜索に当たることになり、同時に全員の点呼と事情聴取が行われた。

その結果、マイアだけでなくラーイという療養中だった若い騎士も姿を消していたことが判明する。

そして、マイアとラーイが恋仲だったとマイアの側近のダグラスを含む複数人が証言した。

「ダグラス、なぜ何も報告しなかった」

「申し訳ありません。道ならぬ恋に苦しむマイア様が不憫で……」

護衛のダグラス、そして侍女のイエル。マイアに付けられていたこの二人の側近は、聖女の世話役であると同時に監視役でもある。何も気付かなかったと証言したイエルも、知っておきながら見過ごしたダグラスも許しがたい失態を犯したということになる。アベルははらわたが煮えくり返る思いだった。後日、首都に戻ったら二人には厳しい処分が下されることになるだろう。

「殿下、本当にマイア様は駆け落ちしたと思っていますか?」

一通り全員の証言を聴き終えた後、こっそりとアベルの元を訪れて質問してきたのは副官のライアスだった。

「一応の整合性は取れているが……きな臭さも感じる」

「マイア様が害されたとしたら一番怪しいのは……」

「わかっている」

アベルはライアスに目配せした。長い付き合いだ。彼もまたティアラを疑っていることは顔を見ればわかる。

駆け落ちの証言をしたダグラスはティアラとは利害関係にある。失われた左目を再生してもらったのだ。恩義を感じてティアラに有利な証言をしている可能性はいなめない。

……もしティアラがマイアを害したと仮定すれば動機はなんだろう。

現状魔力効率面で問題はあるようだが、欠損の再生という奇跡の治癒魔法の使い手であり、家柄・容姿共に優れたティアラがマイアを排除しようとする理由がわからない。

「駆け落ちが真実だったとしても、ティアラ嬢が何かをしたのだとしても、元凶は殿下だと思いますよ」

ライアスの言葉に、アベルの心臓がズキンと痛んだ。

「特別な女性の前では硬直して何も話せなくなるとか。いつまで拗《こじ》らせていらっしゃるのか」

元々アベルの剣術師範で、子供の頃からアベルを知っているライアスは容赦がない。

今年で五〇になるのにまだその剣の腕は衰えを知らず、アベルが勝負をすれば未だに五本のうち一本取れるかどうかという剣の達人だ。ちなみにダグラス・ショーカーもライアスの弟子の一人である。

「ティアラ様は明らかにあなたに気がありますからね。マイア様を邪魔に思って……という可能性はなきにしもあらずでしょう」

「……色恋の感情だけで人を排除したいと思うものだろうか？」

「貴族の中には平民を人と思っていない連中は山ほどいます。たとえそれが希少な聖女であっても。それは殿下、あなたもご存知ですよね？」

ライアスの指摘にアベルは歯噛みした。

そうだ。自分は散々マイアが侮られる様子を見てきたではないか。

……そして自分もマイアにはきっと同類と思われている。

平民の孤児という恵まれない境遇ながら、一〇代を過ぎて魔力器官が急発達した異色の聖女。努力に努力を重ねて高い治癒魔力を示すに至った彼女を、アベルは好ましく思っていた。

アベルが初めてマイアに出会ったのは、彼女が魔術塔《マギア・トゥルリス》の教育課程を修了し、聖女認定を受けたときだ。

紅茶色の艶やかな髪に魔力保持者の証たる神秘的な青金《せいきん》の瞳を持つ、華奢で可愛らしいマイアにアベルは一目で心を奪われた。

正直顔立ちだけで語れば彼女の容姿は中の上といったところだ。また魔力保持者である彼女は細すぎて、見た目に限ればもっと魅力的な女性は首都には山ほど溢れている。

しかし彼女には庇護欲をそそられる愛らしさと、貴族女性にはない生命力という魅力があった。

年回りの近い聖女は他にもいたが、その中でも一番の能力を示したマイアが自分の有力な妃候補だと言われて嬉しかった。だけど彼女を目の前にすると、緊張してうまく話せなくなった。

彼女と接するといつも場を取り繕うことを考えてしまう。なんとか話題を探そうとするものの思いつかない。結果的にアベルは、つい彼女の未熟な行儀作法を指摘しては嫌な顔をされるという悪循環に陥っていた。

マイアに嫌われているのは自分でも自覚していた。彼女が内心を隠してアベルの相手をしてくれるのは、間違いなく王子という身分があるからだ。

マイアは自分より身分の高い者には何を言われても辛抱強く我慢し、へりくだって切り抜けるという強《したた》かさを持っている。そういう狡猾な部分も含めてアベルはマイアを好ましいと思っていた。

もっと親しくなりたいのに、どうしても彼女が側に来ると頭が混乱して酷い態度を取ってしまう。

他の貴族出身の魔術師に嫁がせたほうがいいのではないかと言い出したのは、そんなアベルに歯がゆさと怒りを覚えた母のフライアだ。

冗談ではないと思いつつも、自分が兄と違って両親の魔力器官を受け継がなかったことは事実だし、こんな男のところに嫁ぐよりも別の男に嫁いだほうがマイアは幸せになれるのかもしれない、などと考えると母に反論することもできなかった。

父たる国王イーダル三世、母フライア、そして兄のヴィクター。全員が魔力保持者であり、家族の中でアベルだけが普通の人間として生まれた。

それはアベルの中に劣等感を植え付けたが、おかしな方向にひねくれずに済んだのは、家族や剣の師匠のライアスが騎士への道を示してくれたおかげだ。

魔力保持者は虚弱なので前線で剣を振るい戦う兵士にはなれない。アベルはアベルにしかできない方法で国に貢献すればいいと周囲の皆が教えてくれた。

そのおかげでいっぱしの軍人にはなれたのに、好意を持っている女性に対してはこの体たらくだ。

無表情を装っているのは情けない自分を隠すための虚勢だとは知られたくない。いずれ彼女は自分のものになる女性だ。両親を説得した結果それはもうほぼ決まっている。だから誤解は時間をかけて、ゆっくりと解いていけばいいと思っていた。

ティアラ・トリンガムが自分に好意を抱いていることには気付いていた。

妖精のように美しい彼女に好意を向けられるのは男として正直悪い気はしなかったが、残念ながら既に自分にはマイアという心に決めた女性がいる。だからマイアにティアラの敵意が向かないよう、自分では慎重に対応をしたつもりだ。

具体的には、マイアをどう思っているのか聞かれたときに、「平民の孤児と聞いているが、行儀作法がなっていなくて嘆かわしい限りだ」と答えたりと、興味のない素振りを貫いた。

しかしアベルがマイアに想いを寄せていることは一部の人間の間では有名な話だし、女性はその手の勘が鋭いから、もしかしたらアベルの気持ちを見抜いてマイアに何かしたのかもしれない。

「ライアス、証拠を探してもらえるか？　ただし細心の注意を払って。今ティアラ嬢の機嫌を損ねる訳にはいかない」

「承知いたしました」

ライアスの答えにアベルは頷いた。

魔蟲の討伐遠征において魔術師と聖女は命綱だ。マイアが姿を消した今、ティアラの治癒魔法に頼るしかないというのが腹立たしい。

――いや、まだティアラが彼女に何かしたと決まった訳ではない。

マイアがアベルやこの国のあり方に愛想を尽かして、好いた男と二人逃げ出した可能性だってあるのだ。

ラーイ・イェーガーの顔には覚えがある。若手の騎士の中では優秀な男だ。見目も悪くない。彼ならば単独でマイアを守りながら森を抜けることも可能かもしれない。

今の自分がやるべきなのは、月が痩せ細るギリギリまでこの森に踏み止《とど》まって、マイアとラーイの足取りを追うこと、そしてティアラの動向に注意を払うこと、この二つだ。

アベルは決意を新たにすると、目を閉じて深呼吸をした。

◆　◆　◆

一夜が明け、魔蟲討伐は取りやめてマイアとラーイの捜索に全力で当たったが、結局なんの収穫も得られなかった。

アベルはマイアの顔を思い浮かべ、深いため息をつく。

ベースキャンプに残り、ティアラの動向を見張っていたライアスのほうは何か収穫があっただろうか。そう思い、ライアスを捜しに行こうとしたときだった。

「アベル様、随分とお疲れですね」

背後から声をかけられたので振り向くと、ティアラ・トリンガムが立っていた。

「治癒魔法をかけてもよろしいですか？　殿下のお疲れを癒して差し上げたいので……」

「ありがたい申し出だが辞退させて頂く。消費魔力を考えたら、あなたの治癒魔法は私の疲労の回復ではなく怪我人に施されるべきだ」

治癒魔法には疲れを回復させる効果がある。しかし魔力に限りがある以上、そんなくだらないことに使うべきではない。ただでさえ魔力効率に問題があると聞いているのに、この女は何を言っているのだろう。

不快感を覚えつつもそれを表には出さないよう、申し訳なさそうな表情を作ってアベルはティアラの申し出を断った。

「まあ、遠慮なんてなさらないでください！　聖女の治癒魔法は殿下のような高貴な方の為にあるのですから」

ティアラは強引にアベルの手を取ると、無理矢理魔力を流してきた。

肌の下を虫か何かが這い回るような不快感を覚え、アベルは顔をしかめた。

「ティアラ嬢、魔力の無駄遣いはや……」

やめて欲しい、という言葉は途中で途切れた。

目眩を覚え、アベルは思わずこめかみのあたりを押さえる。

「アベル殿下、大丈夫ですか？」

すかさずティアラが気遣わしげな言葉をかけてきた。その顔を見た瞬間、アベルの思考がぼんやりする。

「殿下……？」

重ねて声をかけられ、アベルはまじまじとティアラの顔を見つめた。

……どうして今までこんなに魅力的な女性が側にいるのに気付かなかったのだろう。

そして、今まであんなに気になっていたはずのマイアのことが、急に取るに足りない存在に思えてきた。

◆　◆　◆

（凄いわ、この魔力）

アベルが自分を見る目が明らかに変わった。それを確認して、ティアラはにっこりとアベルに向かって微笑みかけた。

この奇跡の治癒魔力を手に入れてからいいことばっかりだ。

七年前、大火事に巻き込まれて足を失い、大やけどを負ったときは、いっそ死にたいと思うほどに人生に絶望した。フライア王妃の治療を受けても爛《ただ》れた肌は元に戻らず、常に魔術薬の投与が必要な寝たきりの状態になったのだ。ベッドの上で、ティアラは周囲の全てを呪いながら日々を過ごしていた。

そんな自分をこの魔力は劇的に変えてくれた。

失われた両足も爛《ただ》れた皮膚も元通りに再生したし、他人に対してこの魔力を流して怪我を治してあげると、何故かその人はティアラのことを好きになってくれた。なんでもティアラのお願いを聞いてくれるようになるのだから、本当に素晴らしい魔力である。

だからティアラはアベルに治癒魔法を使う機会をずっと窺っていた。

優れた騎士であるアベルはなかなか怪我をしてくれなくてやきもきしたけれど、疲労の回復を言い訳に、今日ようやく魔力を流せた。するとアベルも他の人と同じで、ティアラに甘い眼差しを向けてくれるようになった。ティアラはうっとりとアベルに微笑みかける。

子供の頃からずっとアベルに憧れていた。

硬質な美貌を持つ金髪碧眼の王子様。魔術師の王と聖女の母の間に生まれたにもかかわらず、ヴィクター王太子と違って魔力器官が発達しなかったことをとやかく言う連中もいたけれど、ティアラに言わせれば、ひょろひょろとしたヴィクターよりも精悍《せいかん》なアベルのほうがずっと格好いい。

軍人としてストイックに国に忠節を捧げる姿も立派な体つきも何もかもが理想的だ。

第二王子という立場も魅力的だった。彼の妃という地位は、色々な意味で圧力をかけられる王太子妃よりもティアラに言わせるとずっとうま味がある。

そんな風に考えていたティアラにとって、マイアは目障りな存在だった。

(庶民の、しかも孤児だなんて底辺の卑しい存在のくせに)

小バエのようにアベルの周りをうろちょろするのが許せなかった。だから誰よりもティアラを称えてくれるダグラスや欠損を再生させた連中に囁いた。

「あの女、目障りだわ。どこかに消えてくれたらいいのに」

そう何度か囁くだけで、ダグラスたちは勝手に考えて、辻褄の合う形でマイアを始末してくれた。

そのときのことを思い出しながら、ティアラはアベルに向かって囁きかける。

「ねえアベル殿下、あんな卑しい庶民の聖女のことなんてもうどうでもいいではありませんか。早く討伐を終わらせて帰りましょう?」

「……それはできない。マイアはたった一八人しかいない聖女のうちの一人だから……少なくともギリギリまでは捜索をしなければ……父上や母上に変に思われる……」

「まあ、確かにアベル殿下の仰る通りかも……仕方ありませんね……」

ティアラは軽く肩をすくめると、アベルにしなだれかかった。

「では殿下、せめてもの罪滅ぼしに私の側にいてくださいます？」

「ああ、もちろんだ。ティアラ……」

アベルはティアラに向かって嬉しそうに微笑むと、手を差し伸べてくれた。

もしアベルの態度の変化に疑問を持つ者が出てきたら、何か理由を付けて魔力を流してやればいい。

ティアラは目をうっとりと細めると、アベルの手に自身の手を重ねた。

三章　樹海を征く

「……イア、マイア、ごめん、そろそろ起きて」

体をゆさゆさと揺すられて、マイアは重い瞼を開けた。

すると薄暗い中、こちらを覗き込むルカと目が合う。

「朝……？」

寝ぼけまなこのまま尋ねると、ルカはこくりと頷いた。

「ごめん、すごく疲れてると思うんだけど、もうすぐ夜が明けるから……」

魔蟲が跋扈《ばっこ》するホットスポットでは日のあるうちに行動するのが鉄則である。マイアはまだ眠いと訴える体を叱咤《しった》すると、無理矢理体を起こした。

マイアが起きたのを確認すると、ルカは天幕を仕切る布の向こう側へと姿を消す。

この布の仕切りはルカが作ってくれたものだ。眠るとき、互いの寝顔が見えないようにとの配慮である。

辺りは何がどこにあるのかはなんとなくわかる程度の暗さだった。そこからは、確かにルカの言う通り夜明けが近いことが窺える。

マイアは髪を手ぐしで軽く整えると、魔術筆《クイル》を取り出し、自分の体に《浄化《ピュリフィケーション》》の魔術をかけた。

本当は水で顔を洗いたいところだけれど、魔術でも十分に綺麗になるので我慢する。

「マイア、もう開けてもいい？」

「うん、どうぞ」

マイアの返事を待ってからルカは仕切りの布をめくった。そして湯気を立てるカップと小さな包みを差し出してくる。

「ハーブティー？」

「うん。こっちは朝ごはん。朝はあんまり時間がかけられないから携行食になるけど許して欲しい」

「そんな贅沢なこと言わないわ」

許すもなにも、そもそも全面的にルカの世話になっているのだ。文句を言えるような立場ではない。

マイアは微笑むと、ルカから包みを受け取った。

「体調はどう？」

「問題ないと思う。魔力もちゃんと回復してる」

「それなら良かった」

ルカはほっとした表情を見せると、自分も携行食の包みを手に取り食事を始めた。マイアもそれにならう。

包み紙の中に入っていたのは、ドライフルーツやナッツが入ったビスケットのような携行食だった。蜂蜜の優しい甘みがあって味は悪くないが、もそもそとしていてかなり口の中の水分が吸い取られる。ハーブティーを飲みながらではないと食べるのがなかなか厳しい代物だった。

口を動かしてくると、ぼんやりしていた頭がだんだんはっきりしてくる。

そんなマイアをよそに、ルカは携行食を行儀悪く咥えると、手近にあった背嚢《はいのう》に手を伸ばした。そして中から羊皮紙と思われる折りたたまれたものを引っ張り出す。それはこの国の地図だった。

「俺たちが今いるフェルン樹海がここ。最終的な目的地はアストラだから、まずは森を東に向かって出て、ここにある街、ローウェルを目指す」

ルカは口の中の食べ物を飲み下すと、地図を指で示しながら今後の進路と方針について話し始めた。

「月齢が今日で二二だし、残りの食料のことを考えたらできれば三日くらいで森を抜けたい。ただ、魔蟲や軍を避けながらの行動になるから、基本的に探知の魔術を使いながらの移動になる。魔力消費を考えたらかなり休憩を挟むことになるし、どうしても魔蟲と交戦しなきゃいけなくなったら、マイアの魔力にも頼ることになると思う」

「治癒魔法が必要になるということ……？」

「いや、防御魔術の発動と維持をして欲しい。俺が魔術式を作るから、そこに魔力を流して安全が確保できるまで維持してもらえたらこっちの魔力が温存できる」

「他人の書いた魔術式を発動させるなんてできるの？」

そんなことができるなんて初耳だ。

「できるよ。術式の作り方に一工夫必要だけど。ちなみにこれは五年くらい前にうちで開発された最新術式だったりする」

そう言うルカは得意気だ。

ルカはやっぱり魔術先進国アストラの人なんだと実感すると共に、マイアにも役に立てることがあるとわかって少しだけ嬉しくなった。

◆
◆
◆

食事と身支度が終わると、早速天幕を撤収して移動を始めることになった。

マイアが元々着ていた聖女の制服は穴が開いているし目立つので、ルカの予備の服を借りた。

細身とはいえルカは男性だ。マイアよりずっと背が高いし肩幅もがっちりしている。全体的にかなりぶかぶかだったので、袖も裾も何回も折った上に制服のベルトを利用して腰も絞らなければいけなかった。

聖女の制服は生地が何かに使えるかもしれないので一応持っていく。

ルカは髪と瞳の色を変えていた魔道具の指輪を外しっぱなしだ。この手の魔道具は使っている間ずっと魔力を消費するので、少しでも消耗を防ぐための措置である。

金茶の髪に緑金の瞳という取り合わせは、見た目の華やかさを上げるのでちょっと心臓に悪い。

天幕の周囲には、魔蟲と人、両方から身を隠すための結界魔術が張られていた。正直術式が複雑すぎてマイアには読み取りきれない。

魔術師は、数多く存在する様々な魔術式の法則を理解し、組み立て、使いこなす知識と技量を持った者のみに許される称号なのだ。

荷物をまとめ終え、ルカが結界魔術を解くと、途端に濃密な森の気配が押し寄せてきた。

ホットスポット内は魔蟲の領域だ。そのためフェルン樹海の中は人の手がほとんど入っておらず、討伐路と呼ばれる道だけが人が歩くことのできるささやかな通路となっている。

この道は、毎年の軍の討伐遠征隊や魔蟲狩り専門の傭兵たちによって作られ維持されてきたものだ。植物の繁殖力は高いので、通るものがいなくなれば道はあっという間に姿を消すだろう。

森の西、首都側から毎年ベースキャンプを張る場所までは、物資やひ弱な魔力保持者を運ぶために広めの道が切り拓かれているが、そこ以外は人が二人並んで歩ければいいほうで、獣道のような場所も少なくなかった。

しかし、下手に道を逸れると逆に森に痕跡を残してしまう。そのため、基本的にはこの討伐路を通ってローウェルを目指す。

荷物のほとんどはルカが持ってくれた。マイアに任されたのは、背嚢の中に入っていたサブバッグに詰めたごくわずかな食料と衣服だけだ。

背嚢や剣などを装備する前に、ルカは肉体を強化する魔術と探索の魔術を発動させた。探索の魔術には魔術筆《クイル》を使うが、身体強化魔術は体に刻まれた刺青に魔力を注ぐだけで発動するらしい。

刺青の全容を見た訳ではないが、左上半身に刻まれた魔術式で全身に効果が出るようになっているそうだ。

常時発動させながらの移動はどれほどの魔力を消耗するのだろう。マイアにはわからないが、一時間に一回は魔力回復の為の小休止を入れると聞いて少しだけほっとした。何しろ体力には全く自信が

ない。

　また、この時季、木々は一斉に黄葉して樹海を彩るのだが、落ち葉のせいで足場が悪く、歩くには細心の注意が必要だった。道の高低差や大きな岩が更に足元の悪さに拍車をかけている。元々あまり出歩く機会がないひ弱な体は、少し歩くだけでも息が上がった。

「マイア、ここでちょっと休憩しよう」

　体感にして一五分ほど、はあはあと息をつくマイアを見かねてか、早々にルカが声をかけてきた。

「まだ歩けるわ」

　さすがに休むにはまだ早い。少しムッとして反論するとルカは首を振った。

「違う。人間っぽい反応が後ろから近付いてきてるんだ。たぶんベースキャンプから出てきた兵士だと思う」

　探索の魔術に何か引っかかったらしい。ルカはマイアを道の脇にある大木の陰へと誘《いざな》うと、荷物を降ろしてから魔術筆《クイル》を出し、結界魔術らしき術式を空中に構築した。

　ルカが作り出す魔術式は整然としていて無駄がない。全てを理解できる訳ではないが、優秀な魔術師だということは見るだけでわかる。

「少し俺は魔力回復したいからマイア、発動と維持は任せていい？　術式に触れて魔力を流して欲しい」

　マイアは頷くと、ルカの魔力で生み出された魔術式に触れて魔力を流した。

　すると、自分を中心とした半径一メートルほどの範囲に、魔力で作られた球体ができて結界魔術が発動する。

「やり過ごすまでは音を立てないように気を付けて欲しい。簡易の目くらましの魔術だから大きな音を立てるとさすがに気付かれる」

マイアに小声で注意すると、ルカは上着のポケットから何かを掴み出してこちらに向かって差し出した。見覚えのある紙の包みにマイアは首を傾げる。

「飴？」

「うん。疲れを取る効果もあるから」

包みを開けて飴玉を口に放り込むと、ハーブの優しい甘みが口の中に広がった。月光浴の日に貰ったときと同じ味だ。

飴を舐めながらその場に座り込んでからほどなくして、誰かがこちらにやってくる気配がした。

落ち葉を踏みしめる足音が少しずつ大きくなって緊張感が高まる。

結界があるとはいえ本当に大丈夫だろうか。

木の幹の陰から固唾を呑んで見ていると、正規兵の姿をした男が五人、連れ立ってこちらにやってきた。

五人は小隊の構成人数だ。兵士たちはマイアの痕跡を探しているのか、周囲を見回しながら無言で通り過ぎていく。

「マイア、そろそろ解いていい」

ルカに声を掛けられるまで緊張で結界維持中であることを忘れていた。

マイアは術式に供給する魔力を断つとふうっと大きく息をついた。

「一応の確認だけど魔力は大丈夫？」

「うん。魔力は多い方だからこれくらいなら全然平気」

マイアの魔力量は、イルダーナの魔力保持者全体の中でも上から数えたほうが早い。だからこそ妬まれて雑草とか野生なんて陰口を叩かれて来たのだが、思い出すと改めて腹が立った。

◆◆◆

整然とした魔術式とか機敏な動作などから、なんとなく強いんだろうな、と思っていたルカの実力を目《ま》の当たりにする機会は唐突に訪れた。

――大型犬ほどのサイズの蜻蛉《とんぼ》型魔蟲に襲われたのだ。

それは休み休み移動して、ちょうど太陽が天頂に差しかかろうかというときだった。

魔素の影響により変異した魔蟲は、本能的により強い魔力を求める性質がある。高い魔力を持つ魔術師、そして聖女は連中にとっては同族に並ぶご馳走だ。

魔蟲の感覚器官は時に魔術師の探索魔術の範囲を超える。そいつはそれだった。

先導するルカが唐突に立ち止まり、後ろを付いて歩いていたマイアはルカが担いでいた背嚢に鼻先をぶつけた。

何事かと確認する前に、ルカは純粋な魔力を右手から放出する。

それと上空から何かが降って来たのはほぼ同時だった。

魔術師の魔力は、純粋に放出すると他者を攻撃する力になる。

バチバチと火花が散って、ルカが放出した魔力に何かがぶつかる破砕音のようなものがあたりに響き渡った。

上からやって来たものが蜻蛉型の魔蟲だと認識できたのはそのときだ。マイアは恐怖に硬直して立ち尽くす。

ブブブブブ……という耳障りな羽音を立てながら魔蟲は上空に舞い上がり、空中で停止しながらこちらを窺うようにギョロギョロと複眼を動かした。

うろたえるマイアとは対照的にルカは冷静だった。今度は左手で魔力を放出し、二度目の魔蟲の空からの突進を防ぎながら、右手で魔術筆《クイル》を取り出し魔術式を構築する。

「マイア！　防御魔術の発動と維持を！」

「っ、わかった！」

マイアは慌ててルカの指示に従い、空中に展開された魔術式に触れると魔力を流した。すると魔力が金色の光となってほとばしり、球形の壁へと変化する。

《防御障壁《プロテクション》》だ。術式を読み取る限り、魔術も物理攻撃も両方防げるという代物である。

障壁が展開するのを確認すると、ルカは重い背嚢をその場に投げ捨てるように下ろした。そして腰ベルトに固定した物入れから先が二股に分かれた棒の形状をしたものを取り出す。

（パチンコ？）

いや、違う。子供用の玩具ではなくて、しっかりとした造りのそれは、スリングショットと呼ばれるれっきとした投石用の武器だ。

スリングショット自体の歴史は古いが、飛躍的な発展を遂げたのは今から五〇年ほど前である。『弾性ゴム』という南方の植物樹脂由来の魔術素材が生み出されたのが、スリングショットをより実用性の高い凶器へと進化させた。威力や射程では弓矢に劣るが、矢の供給が難しい場面では非常に有効な武器だ。

ルカはどこからともなく取り出した丸い弾をスリングショットにセットすると、ゴム紐の部分をぐいっと引っ張った。

マイアは有り得ないくらいに伸びたゴムにぽかんと目と口を開ける。

再び蜻蛉型魔蟲がこちらに向かって急滑降してきて――。

ルカは冷静に狙いを定めて弾を放った。そして魔蟲に命中する。途端に小規模な爆発が発生した。

ギィィィィ！

耳障りな断末魔が周囲に響き渡り、中空から魔蟲の体が落ちてきた。

どさりと音を立てて目の前に落下してきた魔蟲の体は、右の複眼と胴体の一部が粉砕されている。

だが、魔蟲のほとんどは、虫と同じで体の一部を潰されても絶命するまでは動き回ることが多い。

そいつもまだもぞもぞと動いていて、本能的なおぞましさが呼び覚まされた。

ルカは腰に佩《は》いたエストックを抜くと、魔蟲に近付いてその胴体に剣身を突き立てる。

「もう壁は解除してもいいよ。ありがとう、マイアのお陰で楽に狩れた」

ルカは、魔蟲が動かなくなったのを確認してからこちらに声をかけてきた。

「私、役に立った……？」

「うん。単独行動だとこういう不意討ちを受けたら、《防御障壁《プロテクション》》を展開する余裕なんてないから、純粋な魔力で防ぎながら剣でやり合うことになる。倒せるとは思うけど燃費がね」

ルカの言葉にじんわりと心に熱がともった。治療以外の方面で、自分の魔力が人の役に立ったのは初めてだ。

「そんな飛び道具も持ってたのね」

「正面からやり合ったら命がいくらあっても足りない。魔蟲狩りの様子は見たことない？　薬と飛び道具で弱らせてから叩くのが鉄則なんだけど。この国でやる場合は魔術の助けが期待できないから結構大変なんだよね」

「それは知ってるけど……」

元が虫だけあって魔蟲は驚異的な身体能力を誇る。そんな連中に対抗するために人は知恵を絞る。薬、罠、飛び道具――人類は色々なものを駆使し、なるべく人的被害が出ないように奴らを狩る術を模索してきた。

「ルカは剣士だって聞いてたから飛び道具が出てきてびっくりした」

「ああ……単独行動のときしかこいつは使わないから」

「どうして？」

「弾は使い捨ての魔道具なんだ。《爆裂《バースト》》の魔術が仕込まれてるから、威力が出すぎて怪しまれる」

なるほど。マイアは納得した。当たるなり弾丸が弾けて硬い魔蟲の体を一発で粉砕したのだ。確かに普通ではない。

「さて、先を急ごう。遺骸目当てに別の魔蟲が来たら困る」

「素材は採らないの？」

蜻蛉型の翅《はね》はかなり高値で売れるはずだ。

「惜しいけど採取の時間が勿体ない。少しでも早く森を出ないと」

ルカの言葉にマイアは勿体ないと反射的に思ったが、今の状況下では仕方ないと納得し、ルカの背中を追いかけた。

◆
◆
◆

ホットスポット内での鉄則通り、昼下がりには移動をやめて、天幕を張ることになった。

「この辺りがいいかなぁ……」

天幕を張る場所を決めたのはルカだ。討伐路の中でも道幅が広くなっているところで足を止めると、魔術筆《クイル》を取り出して結界魔術の構築を始めた。

「ルカ、結界の魔力は私が供給しようか？」

「いや、大丈夫。朝まで結界を維持するくらいの魔力は残ってる」

ルカはマイアに微笑むと、円形の結界を作り出し、ふうっと息をついた。

「ルカ、少しだけ手に触れてもいい？」

「いいけどなんで？」

マイアは答える前にルカの開いている左手を取ると、魔力を流した。

魔術師と聖女の魔力は性質が違う。魔術師の魔力は他者に流すと攻撃手段になるが、聖女の魔力は体を癒す力になる。魔力を流されたときの感覚も真逆で、前者は加減しても強い違和感を与えるのに対して、聖女の魔力は温かく、ぬるま湯に浸かったときのような心地良さをもたらすらしい。

そして聖女の魔力には、怪我の治癒、痛みの緩和、疲労回復などの効果がある。

「ちょっと待って、勿体ない！」

ルカはマイアの魔力にうろたえた。

「いっぱいお世話になったし魔力も余ってるから。これくらいはさせて」

せめてルカの疲れが癒えるように。

「いや、勿体ないって！　俺どこも怪我してないのに……」

聖女はどこの国でも希少だからか、ルカは戸惑っている。

「私をかばいながら歩いて疲れたでしょ。だからお願い、せめて魔力くらいは受け取って欲しい」

体力のないマイアを連れての移動で絶対に必要以上に疲れているはずだ。道の悪い場所や、大岩をよじ登らなければいけない場面では手を貸したり抱き上げたりと、ルカは最大限にこちらを気遣ってくれた。

一方のマイアはと言えば頻繁に小休止を入れてもらったおかげで、思ったよりも余裕があった。

移動の度に動悸と息切れで意識が飛びそうにはなるのだが、マイアには聖女としての高い自己回復力があるから少し休めば回復する。こんなにも自分の魔力の恩恵を感じたことはこれまでになかったかもしれない。

「ありがとう、マイア。疲れが取れた。天幕を張るのを手伝ってもらってもいい？」

「もちろん！　どうやればいいのか教えてね」

マイアは即答すると、背嚢を下ろすルカの手元を覗き込んだ。


天幕を張り終えると食事の準備が始まった。

朝と昼はビスケット状の携行食で終わらせたが、夜はしっかりと煮炊きをするらしい。

小型の鍋やら小さな固形燃料やら、ルカの背嚢からは色々な物が次々出てきて、まるで童話に出てくる魔法の鞄だ。

「夜はちゃんと作るのね」

「作るって言ってもスープくらいしか作れないけどね」

「温かいものが食べられるのは純粋に嬉しいわ」

「そうだね。三食全部ビスケットは俺もさすがに辛い」

ルカは手際よく鍋の中に途中で摘んだ食べられる野草やら干し肉を入れていく。孤児院時代に料理の経験はあるが、野外料理となると勝手がわからない。

「私にも何か手伝えることはある？」

「いいよ。適当に材料を放り込んで煮るだけだから」

マイアの質問に答えながら、ルカは食料をまとめた袋の中から小箱を取り出した。箱の中には、茶色や赤の角砂糖に似たキューブが入っている。

「これは何？」

「色々な味のスープを乾燥させて固めたものだよ。調味料みたいなものかな。アストラで最近開発された携帯食料で、お湯に溶かしたら元のスープに戻るようになってる」

「へえ……」

昨夜食べさせてもらったスープは美味しかった。今日も期待できそうだ。

しかし残念ながら、ルカが鍋に水を入れようとしたときに事件が起こった。

《水生成《クリエイト・ウォーター》》の魔術を使ったまでは良かったのだが、その水を鍋に移すときに、魔力の制御を誤って、かなり服にかかってしまったのである。

「……疲れてんのかな」

「大丈夫!?」

「うん、水だから……」

ルカは眉を下げて濡れてしまった服を摘まんだ。

「ごめん、着替えてくる。ついでに楽な格好になりたい」

「えっと、後は水を入れて火にかけるだけ？　それくらいなら私にもできると思うんだけど……」

「ああ、じゃあお願いしてもいいかな？　火は……危ないから点《つ》けておく」

ルカは石で作った簡易かまどに固形燃料を置くと、魔道具らしい着火具で火を点けてくれた。

（火くらい点けられるのに……）

過保護すぎる扱いに少しだけむっとするが、マイアはルカが背嚢を手に天幕の中に移動するのを確認してから、魔術筆《クイル》を使って《水生成《クリエイト・ウォーター》》の魔術を使うと鍋に水を注いだ。

そのときだった。強い風が吹いた。

突風のせいでせっかくルカが点けてくれた火が消えてしまう。

マイアは火を点け直そうと着火具を探すが見当たらない。ルカが背嚢と一緒に天幕の中に持って行ってしまったようだ。

「ごめんね、ルカ、着火具を貸し……」

天幕に移動して中を覗き込んだマイアは固まった。中にいたルカは着替えの最中で、上半身裸だったからだ。

「ごめんなさい！」

慌ててマイアは天幕を出た。顔が熱い。絶対に赤くなっている。

うかつだった。着替えるために天幕に向かったのに、不用意に覗いてしまうだなんて。

細く見えても男の人だった。鍛えられた肉体と、左半身の刺青をばっちりと見てしまった。

体に刻み込まれていたのはソードリリーの花だった。ソードリリーは軍神マウォルスを象徴する植物で、軍事に関わる者が入れる刺青の中でも特に人気がある図案だ。

すごく綺麗だった。男の人に綺麗だなんて言葉はおかしいかもしれないけれど、しっかりと付いた筋肉と黒の染料で描かれたソードリリーのコントラストが凄く印象的で、一瞬だったのに目に焼き付いている。

「気にしなくていいのに。俺男だし」

ルカが天幕から顔を出した。すでにシャツで上半身は隠されている。

「ああ、火が消えちゃったのか。いいよ。点け直す」

上着を着込みながらルカが出てきた。就寝に向けた楽な格好になっているのも心臓に悪い。胸がドキドキするのは、年齢の近い男の人とこんな風に近付くのが初めてだからだ。しかもルカはかなり格好いい。

マイアはこっそりとため息をついた。

四章　城塞都市ローウェル

　木々の切れ目から人里が見えたのは、森の中を歩き続けて三日目の昼下がりだった。

　目的地であるローウェルだ。ローウェルはフェルン樹海の監視の為に作られた都市で、高い城壁に囲まれた城塞都市である。

　森から城壁に至るまでのエリアは一面の小麦畑になっていた。

　この辺りは比較的温暖なので、小麦は秋に種をまいて冬越しをさせて初夏に収穫する。秋まきの冬小麦は、緑の芽を出して芝生のように畑全体に広がっていてのどかな田園風景を形成していた。

　途中、かなりの休息を挟みながらの移動だったが、予定通りフェルン樹海を抜けられたことにマイアはほっとした。年の近い、しかも格好いい異性との野外生活は色々と気を遣う。

　森の移動そのものは、初日の蜻蛉型魔蟲との遭遇の後は幸い平和だった。

　――と、いっても全てはルカの魔術の賜物だ。

　《生命探知《センス・ライフ》》の魔術で魔蟲も人も避けられたのが特に大きい。

　人間とは途中二回すれ違ったが、そちらも事前に魔術で感知したので、目くらまし効果のある結界を張ってやり過ごした。

　ちなみに一回目はベースキャンプに引き上げる第一部隊の軍人で、二回目は魔蟲狩りの傭兵と思われるパーティだった。気温が下がって魔蟲の動きが衰えるこの時季は、傭兵たちにとっても絶好の狩りの季節である。

「ちょっと待って、マイア。街にいる仲間に連絡して迎えに来てもらう」

ルカはマイアを呼び止めると、魔術筆《クイル》を取り出して魔術式を構築した。恐らく通信用の魔術だろう。

魔術が完成すると、魔力が鳩の姿を取ってルカの左手に留まる。

「【ソードマスター】より【シーカー】へ。久しぶり。事情があって討伐隊を抜けてきた。悪いけど俺ともう一人、二〇代の女性が街に入れるように何か方法を考えて欲しい。それと女性用の服も頼む。街の外で待ってる」

そう発言してから魔術筆《クイル》で鳩をつつくと、鳩はまるで鸚鵡《おうむ》のようにルカの発言を復唱した。声まで忠実に再現されている。

「よし、行け」

ルカが左手を伸ばすと、鳩は羽ばたいて宙に舞い上がった。そしてローウェルの市街地に向かって飛んでいく。

どこにでもいる鳥の形を取るあたり、よく考えられている魔術である。しかも鳩の飛行速度は鳥の中でもかなり速い。伝書鳩やレースで使われるゆえんである。

規模の大きな街はよそ者の出入りに厳しい。都市や村の役所が発行する旅券や通行証がなければ基本的に入れて貰えない。

諜報員であるルカは何か持っているかもしれないが、討伐遠征中だったマイアには何もない。どうするのかと思いきや、街にいる仲間の手を借りるようだ。鳩に託した伝言にはよくわからない単語が混じっていたが、恐らく諜報員としての符丁《ふちょう》だろう。詮索はなんとなくはばかられた。

「ここで待つの？」

「ああ、【シーカー】が何かいいように考えてくれると思う。あ、【シーカー】っていうのがあの街にいる俺の仲間なんだけど。確か今はゲイルって名乗ってたかな？」

「アストラの諜報員仲間ってこと？」

「そう。人相があまりよくないからちょっと怖いかもしれないけど、根は優しいおじさんだから心配しなくていい」

ルカはマイアに向かって微笑みかけると背嚢を地面に降ろして軽く伸びをした。

今なら聞ける気がする。マイアは思い切って尋ねてみた。

「【ソードマスター】はもしかしてルカのこと？」

「……うん。諜報員としての俺のコードネーム。でも大層だからあんまり気に入ってはいないんだ。俺程度の剣の使い手なんていくらでもいるから」

そう言ってルカは苦笑いをした。

◆　◆　◆

その場で一時間半程度待っただろうか。

「いた！　おい、【ソードマスター】！　一体どういうことなんだ！」

荒々しい足音と共に現れたのは痩せて顔色の悪い五〇代前後の男性だった。事前情報の通り人相があまり良くない。しかし服装は小綺麗で、そこそこ裕福な生活をしていることが窺えた。

「討伐を抜けてきたって！　しかも女連れ？」

男性はマイアを見た。そしてギョッと目を見開く。

「魔力保持者⁉」

男の目は、マイアの瞳に向けられている。

「【シーカー】、紹介する。彼女はマイア。何か色々あって殺されかけてたんで見過ごせなくって。助けついでにうちに引き抜こうと思ったから抜けてきた。マイア、このおじさんが【シーカー】だ。アストラの諜報員仲間」

「よ、よろしくお願いします……」

「……よろしく」

男はマイアの挨拶に戸惑った表情で挨拶を返した。

「今はゲイルって名乗ってたよな？」

「ああ」

本当の名前ではないというところが諜報員らしい。

「そっちはルクスだったか？」

「本名で呼んでくれていいよ。マイアの信頼が欲しかったから本当の名前を教えた」

ルカの言葉に【シーカー】ことゲイルはぽかんと口を開けた。

「お前なぁ……」

「マイアは聖女だ。本名を晒してでも引き抜く価値は十分にあると判断した」

二人の口ぶりから言うと、ルカ・カートレットという名前は彼の本名で間違いないようだ。

「聖女で名前がマイア……もしかしてマイア・モーランド殿……？」

「はい。そうです。私のことをご存知でいらっしゃるんですか？」

「……マイア殿はその出自と治癒能力の高さで有名な方でいらっしゃいますから」

ゲイルはマイアに答えると、小さく息をついてからルカに向き直った。

「ルカ、お前説明が雑すぎる。とりあえず森の外に荷馬車を置いてきたから移動するぞ。話は歩きながら聞く」

こうしてマイアはルカと一緒にゲイルの先導で森を出ることになった。

◆
◆
◆

「……なるほどな、ルカがマイア殿を助けた事情はだいたいわかった。そういう事情であれば『上』も納得するだろう」

馬車に向かう道すがら、ルカから事情を聞いたゲイルは、頭痛を覚えたのかこめかみの辺りを揉みほぐした。そして大きく一つ息をついてからマイアに向き直ると、淡い微笑みを浮かべる。

「我が国は歓迎しますよ、マイア殿。聖女は稀有な存在なのに、害されるなんてあってはいけないことです」

ゲイルにそう言って貰えて良かった。旅券はどうなった？」

ルカの質問に、ゲイルは軽く肩をすくめた。

「マイア殿は俺のめいという設定で旅券を準備した。お前はその護衛だ。これが偽造旅券。一応『設定』の確認をするぞ」

言いながらゲイルはマイアとルカに旅券となる木片を手渡してきた。

マイアに渡されたものには、『リズ・クライン』という名前が書かれている。

「マイア殿、街に入るときは、あなたにはその旅券に書いてある人物……『リズ・クライン』になって頂きます。私の弟の娘という設定の人物で、隣町から行儀見習いの為に、おじの私を訪ねてこちらにやってきたということにしてあります。めいとして扱わせて頂きますが、どうかご了承ください」

「はい。こちらこそよろしくお願いします、おじ様」

「マイア……じゃなくてリズ、ゲイルはローウェルで糸を扱う商会を経営してるんだ。諜報員としての隠れ蓑って奴なんだけど」

補足説明をしたのはルカだった。

「ルカ、お前は護衛として雇われた傭兵、セシル・ディナンだ」

「了解。ありがとう、ゲイル。この短時間で用意するのは大変だったろ？」

「当たり前だ。もっと感謝しろ」

ゲイルはルカに向かってチッと舌打ちをした。

「街に入る前にリズとお前の瞳の色をどうにかしないとな」

「リズにはこれを使ってもらおうかと思ってる」

そう言いながらルカがポケットから出したのは、ルカの髪と瞳の色を変えていた魔道具の指輪だった。

「俺がこれを付けちゃうと傭兵に化けてたときの見た目になっちゃうから。俺の目は魔術薬で変えるよ」

「持ってんのか？」

「ある」

ルカは短く答えると、マイアに指輪を渡してきた。

◆
◆
◆

森を出ると幌付きの荷馬車が停まっていた。

ゲイルは馬車の荷台から女性用の服を取り出すと、マイアに差し出してくる。

「俺たちは向こうを向いているから着替えてもらいたい。髪と瞳の色を変える指輪もはめておいて欲しい」

そう告げるゲイルの左手の中指にも、似たような指輪がはまっている。

「あの……ゲイルさん」

「おじさんでいい。おじとめいって設定だ」

「あ、はい。おじ様」

マイアは慌てて言い直した。

ルカと敬語はやめると約束したときと同じで、ゲイルも諜報員だからなのか切り替えが早い。気を付けなければと自分に言い聞かせてから、マイアはゲイルに尋ねた。

「あの、おじ様ももしかして魔術師なんですか？」

「ああ。ルカみたいに頑丈じゃないから、基本街中で活動してるけどな」

頷くと、ゲイルは指輪を外して本来の髪と瞳の色を見せてくれた。茶色の髪と瞳が両方とも一気に変化する。

ゲイル本来の髪色は灰色がかった金で、瞳は金色がかった淡い水色だった。青白い顔色とあいまって幽霊みたいに存在感が薄れる。

なるほど、彼の貧相にも思える体格は魔術師だったからなのだとマイアは納得する。

彼と比べると、細身ながらも鍛えられた筋肉を持つルカは、わずかに日焼けしていることもあって健康的で逞しい。

ゲイルは指輪をはめて髪と瞳の色を元に戻すと少し離れたルカの傍に移動した。

二人揃ってこちらに背を向けるのを確認してから、マイアは幌馬車の奥のほうに身を隠し、ゲイルに渡された着替えを広げる。

襟ぐりが大きく開いたブラウスに、ボディスとスカートが一体化したワンピースは、最近街の女の子の間で流行っている日常着だ。

小柄なマイアには少し大きかったが、ボディスの前紐や腰のリボンで調節できたので、どうにかそれなりの着こなしになった。

服を着替えたことで、これまで着ていたルカの服からはルカの匂いがしていたことを実感し、気恥ずかしくなる。マイアはその考えを振り払うために軽く頭を振ると、更に上から外套を着込んだ。

最後にルカから借りた髪と瞳の色を変える魔道具の指輪をはめる。ルカの中指サイズの魔道具の指輪はマイアの手にはかなり大きくて、親指にはめるとちょうどぴったりだった。

髪の毛を摘みながら魔力を指輪に流すと、瞬時に赤茶から焦げ茶に色合いが変わった。鏡が手元にないから自分では確認できないが、瞳の色も変わっているはずだ。

魔道具の指輪によくできた偽造旅券。そしてこの国には数少ない正体を隠した魔術師が二人。

改めてマイアはルカとゲイルの異質さを実感する。本当に本物のアストラの諜報員なのだと信じてもいい気がした。

（きっと大丈夫、二人とも悪い人じゃない……はず）

この二人はマイアを新天地アストラに連れていってくれるはずだ。

マイアはゲイルからもらった偽造旅券をそっと握りしめた。

◆　◆　◆

着替えを終えて幌馬車の荷台を出ると、ルカの瞳の色が変わっていた。

瞳の色を変えるという目薬を使ったのだろう。虹彩から金色の要素が消えて、緑色単色になっている。とはいえ、エメラルドのような緑色の瞳自体この国では珍しいので目立つことには変わりがない。

「すごい。アストラにはそんな目薬があるのね」

「この魔術薬自体は珍しいものじゃないよ。魔術師の間では割と有名だからこの国にもあると思うんだけどな……」

「リズは聖女だからな。外に出さないために教えなかったのかもしれない」

ルカとゲイルの言葉にちょっと嫌な気持ちになった。


マイアとルカが馬車の荷台に乗り込むと、ゲイルは御者席に座って馬を発進させた。

城門を守る衛兵は、街で糸問屋を営むゲイルの口上を簡単に信じてあっさりと中に通してくれる。

「少なくともこの街にいる間はマイアはリズ、ルカはセシルで通してくれ」

「はい」

ゲイルの発言に頷いたマイアに、ルカが声をかけてきた。

「俺たちは職業柄偽名を使うのが当然になってるけど、リズには違和感があると思う。頑張って慣れて欲しい」

「うん。必要なことだってわかってる。でも間違えそうで自信はないかな……」

「偽名を使いこなすときのコツは普段から徹底することだ。だからリズも今から俺のことはセシルって呼んで欲しい」

「わかったわ、セシル」

うっかりルカと呼び掛けないよう気をつけなければ。マイアは気を引き締めると、セシル、と何回か心の中で繰り返した。

◆
◆
◆

ローウェルはかなり規模の大きな城塞都市だ。ホットスポットが近いことから軍の基地があり、傭兵ギルドの拠点も置かれている。

巨大化した大型魔蟲が万一出てきても大丈夫なよう防衛設備が築かれたこの街は、付近を大きな川が流れていることから、水上交通の要衝ともなっており、大通りは活気に溢れていた。

荷馬車が停まったのは、商業地区の一角にあるそこそこ大きな店舗兼住居の裏口だ。ここでゲイルは諜報員仲間で『妻』役のアルナという女性と糸問屋を営んでいるらしい。

「アルナ、戻ったぞ」

「お帰りなさい」

ゲイルが裏口の扉を開けて中に向かって声をかけると、ゲイルとは対照的にふくよかな中年の女性が出てきた。明るい茶色の髪に青い瞳をした可愛らしい印象のおば様で、若い頃はきっと美人だったのではないかと思われる人物である。

「あなたがゲイルのめいっ子のリズね。初めまして」

アルナはにこやかにマイアに話しかけてきた。マイアは一瞬面食らうが、彼女も諜報員だ。そういうお芝居なのだと瞬時に理解する。

「初めまして、おば様」

アルナは微笑むと、マイアとルカを温かく室内へと迎え入れてくれた。ゲイルは馬を納屋に繋ぎに行くようだ。

「セシル。久し振りね」

アルナがルカに話しかけてきたのは、裏口の扉をしっかりと閉めた後だった。

「そうだね、久し振り、アルナ」

「……あなたがまさか女の子を連れてくるとはね。事情は後で聞くわ。まずはコーディアルでも飲んで体を休めなさい」

そう言ってアルナが通してくれたのは食事室だった。

壁を隔てた向こう側は台所になっているようで、手狭だが六人掛けのテーブルがあり、暖炉には火が入って快適な温度が保たれていた。

コーディアルというのは、ハーブや果物などを漬け込んだシロップで、この辺りでは一般的な保存食である。食事室には人数分のティーカップが既に準備されていて、アルナは暖炉の上でシュンシュンと音を立てているポットを手に取ると、コーディアルをお湯で割ったものを出してくれた。

（あ……、エルダーフラワーだ……）

カップからは白ブドウに似た甘い香りが漂い、コーディアルのお湯割りを口にすると爽やかな味がした。エルダーフラワーは発汗作用のある美容と健康にいいハーブだ。

「アルナさんも魔術師なの？」

「アルナおば様だろ？」

アルナが席を外してからこっそりとルカに尋ねると注意されてしまった。

「ここでは『リズ』はゲイルのめいっ子だから、家の中でも徹底して欲しい」

「そうだったわ。ごめんなさい」

気を付けないといけないのは、ルカをセシルと呼ぶことだけではなかった。ゲイルはおじ様でアルナはおば様なのだと改めて心の中に刻み込む。

ルカは満足気に頷くと、「さっきの質問の答えだけど」と、切り出してきた。

「アルナは魔術師じゃない。『オリジン』だ。こっちの言葉に直すと平民ってとこかな？　アストラでは魔力保持者ではない人間を指す言葉なんだけど」

「……聞いたことがあるわ。確かアストラでは魔力保持者は『貴種《ステルラ》』、そうじゃない人たちは『平民《オリジン》』と呼ばれているのよね」

隣国は国家元首である星皇と呼ばれる王を頂点として魔力保持者たちによって統治される国だ。恐らくこの国とはまた違った意味での身分差別があるのだろう。

「一応断っておくと、アストラの身分制度はこの国とはまた違う」

ルカの発言は、マイアの内心を読み取ったものだろうか。

「社会の構造や法律がこの国とは全然別物なんだ。確かにアストラは貴種《ステルラ》がこちらでいう貴族として統治する国だけど、だからといって平民《オリジン》が蔑ろにされている訳じゃない。アストラにおける平民《オリジン》は、貴種《ステルラ》が苦手とする肉体労働に従事する存在だ。彼らの存在がなければ国自体が立ち行かなくなるから、不当な扱いや搾取を受けることがないように、色々な法整備がされている」

「難しい話をしてるのね、セシル」

食事室に戻ってきたアルナが話しかけてきた。

「お風呂が準備してあるから順番に入ってきなさい。とりあえずリズからかしら？　セシルからは色々と聞きたいことがあるからね」

「わかった。リズ、こっちのことは気にせずお先にどうぞ」

ルカからも先にと言われたので、マイアはありがたく入浴させてもらうことにした。

◆◆◆

「年頃の女の子って聞いたから適当に見繕ってきたんだけど、あなたには少し大きかったわね。体に合ったものは明日改めて用意するとして、今日はこれで我慢してね」

そう言いながら、アルナはマイアを風呂場に案内すると、着替えと体を拭く為のリネンを手渡してくれた。

「この規模のおうちでお風呂があるのは珍しいですね」

お金持ちや貴族の家はまた別だが、個人の家にお風呂がついているのは珍しい。庶民は公衆浴場で体を清めるものだ。どれくらいの頻度で通うかは、個人の懐具合や衛生観念にもよるが、大体三日に一回程度が平均的なのではないだろうか。

「この国の人間よりもアストラ人は綺麗好きだからね。ゲイルが頑張って作ってくれたのよ。でも毎日入浴しているとこの国では変に思われちゃうから魔術でわからないようにしてあるの。だから隣近所にはこの家にお風呂があることは内緒にしてね」

そう言ってアルナは口元に人差し指を立てる動作をしてから脱衣所を出て行った。

一人になったマイアは早速服を脱ぎ、浴室に足を踏み入れた。

壁にはさりげなく魔術式が書かれている。どうやら湯気や石鹸の匂いなどが外に漏れないような魔術がかかっているようだ。

浴槽は男性でも足を伸ばして入れるほどの広さがあり、草原のような爽やかな香りが立ち込めていた。よく見ると、お湯の中にハーブらしき草が入った袋が浮かべられている。浴室内に置かれている石鹸は、いい香りがする明らかに高級なもので、ゲイルたちの入浴に掛ける情熱が窺えた。

マイアも魔力器官が急発達してお嬢様暮らしを始めてからは、毎日入浴するのが当たり前の生活を送っていた。今更孤児院時代のような、頭に虱《しらみ》を飼っているのが当たり前の不衛生な生活には戻れない。

討伐遠征中は《浄化《ピュリフィケーション》》の魔術で身を清めてはいたが、お湯に浸かるというのはやはり格別である。

髪と瞳の色を変える魔道具の指輪は、建物の中では外していても構わないだろうか。

入浴を終え、脱衣場に出たマイアは、自分の赤茶の髪を摘んで考えた。

魔道具とは、魔力を蓄積する特殊な鉱石、月晶石を動力として動く道具をさす言葉である。

魔力は多かれ少なかれ誰もが持っているが、中に組み込まれた術式が複雑な魔道具は、月晶石に魔力を充填することのできる魔力保持者でなければ使いこなせない。恐らくこの指輪は後者だろう。

なにしろこの指輪は付けているだけで少しずつ魔力が吸われていくのだ。消耗する魔力は微々たる量ではあるのだが、身に付けていると慣れない感覚がちょっと鬱陶しい。

迷った結果、指輪は外したままの状態で着替えに袖を通すことにした。アルナから着替えとして渡されたのは、体を締め付けない楽なデザインの室内着とガウンだ。

着替え終わったマイアは、まだ湿っている髪をパイル生地のリネンでポンポンと叩きながら食事室へと戻る。そして食事室の扉に手をかけたときだった。

「エマリア・ルーシェンの再来だと⁉」

そんな声が聞こえてきた。

ゲイルの声だ。反射的にティアラ・トリンガムの話をしているのだと悟り、マイアは硬直した。

「大聖女の……は禁術……」

「まさか国境の誘拐事件は……」

「……から、トリンガム侯爵家を……」

断片的に聞こえてくる単語が何やら不穏な気がする。

食事室の前で立ち尽くしていると、唐突に目の前のドアが開いた。

「……リズ」

ルカだった。意図した訳ではないが、立ち聞きしていたようなものだ。はしたない人間になったようで恥ずかしくなる。

食事室にはアルナの姿はなく、ゲイルとルカの二人で話をしていたようだ。

「どこまで聞いた」

厳しいゲイルの声に、マイアはびくりと体を竦ませた。しかし黙っていると立場が悪くなりそうな予感がしたので、震えながら答える。

「エ、エマリア・ルーシェンの再来、大聖女の何かは禁術、国境の誘拐事件がどうとか……全部ちゃんと聞こえた訳じゃなくて、断片的に聞こえてきて……」

マイアがつかえながらそう告げると、ゲイルは舌打ちをした。

「ごめんなさい、立ち聞きするつもりはありませんでした……」

「ゲイル、そんなに凄まなくてもいいだろ？　リズはこちら側の人間になるって決めてくれたんだから」

取りなすように発言したのはルカだった。

「まだ部外者だ」

「そりゃそうだけど無関係とも言い切れないだろ。リズはティアラ・トリンガムに殺されかけてる」

険しい顔のゲイルに食い下がるルカ。マイアはその二人を前に、意を決して割り込んだ。

「私、何も聞いてないです……」

マイアの発言にゲイルがわずかに目を見張った。

「聞いてまずいことだったのなら忘れます。詮索もしません」

気にならないかと聞かれたら嘘になる。でもこれがマイアの処世術だ。

これまでずっと理不尽も腹立たしいことも飲み込んで長いものに巻かれてきたのだ。アベルの機嫌を損ねないように内心を隠して振舞って来たのに比べれば、これくらいなんてことない。

ほんのわずかな睨み合いの後、ゲイルはふうっと息をついた。

「悪かったな、リズ。うちの国家機密に関わる話なんだ。……そこにいたら冷えるだろ、こっちに入るといい」

ゲイルはマイアを暖炉から一番近い席に誘《いざな》って座らせた。

「やだ、変な雰囲気ね。どうしたの？」

アルナが食事室に戻ってきて話しかけてきた。第三者の登場に、マイアは少しだけほっとする。

「なんでもない。セシル、風呂が空いたからお前も入って来い」

「いや、でも……」

「もうこの話はついた。蒸し返したりはしない」

逡巡するルカに向かってゲイルはきっぱりと言い切ると、しっしっ、と犬を追い立てるような仕草をして追い出した。

ルカが出ていくと、ゲイルもまた食事室を出て行った。アルナは台所へと向かい、夕食の準備を始めたようだ。食べ物のいい匂いが漂ってくる。

食事室の暖炉の前に一人残されて、マイアは少しだけ気持ちが楽になるのを感じた。初めての場所で初めて出会った人々に囲まれて緊張していたようだ。

マイアは小さく息をつくと、パチパチと爆ぜる暖炉の赤い火を見つめた。

「さっきは悪かったな」

ゲイルが戻ってきたのは、出て行ってから一〇分程度が経過したときだった。手には持ち手がついた木箱を持っている。ゲイルはそれをテーブルに置くと、マイアのほうへと押しやった。草木の模様が彫刻された綺麗な箱にマイアは目を奪われる。

「ここにいる間の手慰みに使うといい。旅の準備やら本国への報告やらで何日間かはここに泊まることになるだろうから」

「……開けてもいいですか？」

「ああ」

ゲイルの許しが出たので箱の蓋を開けると、箱は二重になっており、上の段には鋏《はさみ》や針、刺繍枠といった裁縫道具が入っていた。

下の段を覗くと、今度は端切れやリボン、そして色とりどりの刺繍糸が出てくる。しかもその糸はアストラ製の絹糸だった。

隣国は絹の産地としてだけでなく、魔術を応用した染色技術に優れていることでも有名だ。絹は綿や麻に比べると経年劣化しやすい繊維だが、アストラ製の絹は違う。綿に匹敵する強度と耐久性を備え、かつ絹糸の艶や光沢をそのまま保っているというまさに夢のような繊維なのである。これは染色の際に施される魔術的処置が影響していると噂されていて、非常に高値で取引されている。

「あんたは刺繍を嗜むって聞いた。うちの商品で悪いが良かったらそれで暇を潰すといい」

「……ありがとうございます」

きっとルカから聞いたのだろう。森を抜けるとき、聞かれるがままにマイアは彼に趣味や城での生活などの話をした。

マイアもルカのことを色々と聞いた。勝手に同じ歳くらいと思っていたルカだが、本当は二八で、傭兵としてこちらに潜伏して六年になるそうだ。若く見えるせいで舐められることが多いから、本人は自分の顔立ちがあまり好きではないと言って苦笑いしていた。

マイアは裁縫箱に視線を落とすと、刺繍糸を一束手に取ってみた。つやつやで凄くいい手触りだった。

◆
◆
◆

ルカが入浴を終えると早めの夕食となった。

さすがに何もせずお客さんでいるのは申し訳なかったので、マイアはアルナに手伝いを申し出て、台所から食事を運ぶのを手伝わせてもらう。

「聖女様にこんなことをさせるなんて申し訳ないわ」

既に事情を聞いたのだろう。アルナには恐縮した様子で言われてしまった。

「私、今無一文なので。これくらいはさせてください」

本当は給金の貯金が結構な額あるのだが、今の状況で引き出すのは無理だ。

首都の両替商に預けてあるあのお金は、失踪からの死亡扱いとなってきっと国庫に没収される。それを思うとムカムカした。

こんなことになると知っていたら、貯め込まずに散財したのに。

「……本当の髪と目の色はそんな色だったのね。瞳は貴種《ステルラ》だから当然としても、髪の色も紅茶みたいでとっても綺麗だわ」

ささくれだった気持ちはアルナに褒められたことで一気に霧散する。自分では煉瓦みたいと思っている髪の色を、高級品の紅茶に例えられるとなんだか面映《おもは》ゆい。

「隠さなきゃいけないのが勿体ないわね。その髪と瞳の色なら華やかな服も着こなせそうなのに。でも楽しみだわ。明日はあなたに似合いそうな服を探しに行きましょうね」

そう告げるアルナはとても楽しそうで、マイアはなんだかくすぐったくなった。

夕食には根菜がたくさん入ったスープにキッシュ、ライ麦の混ざった素朴なパンなどが出てきた。久し振りに摂る人間らしい食事だ。一般的な家庭料理で城の料理と比べると庶民的だけど、アルナの料理の腕は確かでとても美味しかった。

食後、男性陣は晩酌に突入する。ゲイルは物静かで神経質そうな見た目そのままに、度数の高い蒸留酒を少しずつ飲みながら静かにお酒を楽しむタイプだった。一方のルカが飲んでいるのは甘い果実酒だ。

「セシルは可愛いお酒を飲むのね」

「こいつは味覚がお子様なんだ。どんなに飲んでも潰れない癖に、強い酒も苦い酒も嫌いなんだってさ」

「エールと蒸留酒の何が美味しいのか俺にはわからない」

からかうようなゲイルに、ルカはどこかむっとした表情で反論する。

なお、お酒が飲めないマイアはアルナにカモミールティーを淹れてもらった。

紅茶や緑茶は富裕層の飲み物で、庶民はハーブや炒った穀物を煮出して作ったものをお茶と呼んで飲んでいる。だけどアルナが出してくれたカモミールティーは、下手な高級茶よりも美味しかった。

「セシル、お前いい加減果実酒は卒業しろよ。」

「好きじゃないんだから仕方ないだろ」

「どうせ相変わらず辛い物も駄目なんだろ？　子供舌だな」

「個人の嗜好だろ。放っといてくれよ」

顔をほんのり赤く染めたゲイルはルカに気持ち良さそうに絡み出した。適当にゲイルをあしらうルカは面倒臭そうだ。そのやり取りを見ていると、だんだん眠くなってきた。

「眠そうね、リズ。酔っ払いは放っておいて眠ってきたら？」

目をこすったマイアを見かねてか、アルナが声をかけてきた。

「ごめんなさい。先に下がらせてもらいます」

マイアはアルナの勧めに従って、携帯用のオイルランプを手に自分に宛てがわれた寝室へと行かせてもらう。

ゲイルたちは二階の部屋をマイアとルカに一部屋ずつ提供してくれていた。ベッドにクローゼット、そして小さなテーブルがあるだけのささやかな部屋だが、屋根のある場所で眠れるのは純粋にありがたい。

マイアは深く息をつくと手にしていたオイルランプをテーブルに置き、明かりを消してからベッドに潜り込んだ。周囲に怪しまれないよう、ゲイルもアルナも風呂を除けば魔術には頼らない生活をしているらしい。

ベッドは少し硬かったが寝心地は悪くなかった。庶民のベッドといえば藁に布を被せたものが定番だが、ここのベッドは綿が詰められた、しっかりとしたつくりのベッドだった。諜報員という背景の賜物なのか、この店が儲かっているのか一体どちらだろう。

そんなことを考えているうちに、マイアの意識は遠のいていった。

◆
◆
◆

次の日の朝はゲイルもルカもなかなか起きて来なかった。

「ゲイルは二日酔いよ。セシルは普通に疲れて寝てるんじゃないかしら？　昨日は相当遅くまで飲んでたから」

そう推測したのは朝食を運んできたアルナだ。

今朝のメニューは、昨日の具沢山の野菜スープに麦とチーズを加えてトロトロに炊いたお粥と、林檎の砂糖煮が添えられたヨーグルトだった。

「久し振りにセシルが訪ねてきて嬉しかったんでしょうね。あの人、仕事とは別に普通にセシルのことが可愛いみたいだから」

アルナは苦笑いしながらマイアの前の席についた。

「おじ様とセシルはそんなに深い付き合いなんですか？」

「そうみたいね。ほんの小さな頃から知っている仲らしいわ。だから息子みたいに思ってるのかも。私もゲイルも子供は持てなかったから」

食事を摂りながらアルナはそう告げた。

「えっと……おば様たちは本当のご夫婦では……」

「違うわ。あくまでも仕事上のパートナー。貴種《ステルラ》であるゲイルには年回りの合う平民《オリジン》のパートナーが必要だったの。街で生活するなら既婚者のほうが怪しまれないし、何よりゲイルが異国で魔術を極力使わない生活をする為には、街の暮らしを知っている平民《オリジン》が必要だったのよ」

そう告げるアルナに、マイアはどんな顔をすればいいのかわからなかった。戸惑うマイアにアルナは苦笑いを向ける。

「このお仕事の話が来たのは私にとっては幸運だったのよ。子供ができないことで離縁されちゃってね……アストラもこの国と一緒で、庶民の女が一人で生きていくのは結構厳しいの。ごめんなさい。なんか湿っぽい話をしちゃったわね」

アルナは肩をすくめるとため息をついた。

「……困ったわね。このままゲイルが起きて来なかったら店番をする人がいないから、リズの服を買いに行けないわ」

眉尻を下げたアルナにマイアは慌てた。

「私は急がないので……」

「……そうね。一週間程度はここに滞在することになりそうだものね」

「えっ……」

「だって旅の準備に二、三日はかかるでしょう？　今の月齢は二六よ」

「あ……」

確かにその通りだ。月齢のことをすっかり忘れていた。喪月の前後、魔力保持者の能力は著しく低下するし体調も悪くなる。

「セシルはほとんど月の影響を受けない魔術師だけどあなたは違うんじゃないの？　ゲイルを見てい

たらわかるから、遠慮せずにゆっくりしていってね」

「……ありがとうございます」

これでも症状は魔力保持者の中では軽いほうなのだが、喪月が近付いていると思うと憂鬱になった。

結局その日は昼下がりになるまでゲイルは二日酔いから復活せず、マイアは一日アルナの家事の手伝いや刺繍をして過ごした。

少しだけ店舗の方を覗かせて貰ったが、ゲイルとアルナが営む店、『クライン商会』は主に縫糸《ぬいいと》を扱う商店で、店の棚には様々な糸が所狭しと並んでいた。針仕事をたしなむ者にとってはまさに楽園のような環境である。

アストラの諜報員という裏の顔が関わっているせいか、特にアストラシルクの品揃えは首都の大きな問屋以上で、商品の大部分を占めていた。

また、店では手工業による糸製品も取り扱っており、刺繍リボンや手編みのレースなどの可愛らしい小物も飾られていて、眺めているだけでも楽しい空間だ。

ルカは二日酔いではなく、単純に夜更かしとマイアを守りながら森を移動した疲れが出て眠っていたようだ。昼食前に起き出して来たが、アストラへの連絡や亡命の旅の準備をしなければいけないということで、その日はマイアとは別行動になった。

◆　◆　◆

一夜明け、ようやくマイアはアルナと服を買いに街に出ることができた。

髪と瞳の色は魔道具の指輪で変えている。ルカから借りたものは大きかったので、ゲイルがマイアの中指に合わせたサイズで新しい物を作ってくれた。ゲイルは元々魔道具の研究者で、細かな魔力の操作と調整を得意とする魔術師らしい。

アルナが連れて行ってくれたのは、クライン商会があるのと同じ商業地区にあるお店で、ちょっと裕福な平民向けの既製服を扱う商店だった。

可愛らしい印象のおばさまであるアルナは服装のセンスもいい。彼女が選ぶのを手伝ってくれた服は、自分では絶対に手を出さない色柄のものが多くて服選びの参考になった。

品質で言えば、首都で身に着けていた服のほうがずっと上だ。だけどその分堅苦しくて窮屈だったので、アルナに選んで買ってもらった服の方が、着心地や手軽さのバランスが取れている。

肌に当たってもチクチクしないほどほどの品質の生地が使われていて、かつコルセットで体型を補正する必要もない服に袖を通すのはこれが初めてかもしれない。

マイアも女の子だ。年相応にお洒落するのは好きなので、可愛い服を見るとわくわくした。シンプルな服には刺繍を入れたり、コサージュを作って合わせればもっと可愛くできそうだ。

アルナはかなりの量の服を気前よく買ってくれた。

「若い子の服を選ぶのは楽しいわね。まるで娘ができたみたい」

楽しげなアルナの様子にふと不安がよぎった。

ルカに助けられてからこちら、出会った人全員がマイアに良くしてくれる。それはきっとマイアの聖女としての癒しの魔力に利用価値があるからだ。そんなことはわかっているが順調すぎて怖くなる。ルカたちは本当にアストラの人なのだろうか。突然豹変して変な場所に売り飛ばされたらどうしよう。こんな風に服を買ってくれるのも、高値で売るためのラッピングかもしれない。

疑り深い自分に自己嫌悪するが、膨れ上がる不安は自分でもどうにもできなかった。

◆◆◆

購入した大量の服を抱えてクライン商会に戻ると、裏口にはルカがいた。

仕入れた商品が届いたのかいくつもの木箱が裏口に置かれている。ルカはそれを店の裏側にある倉庫に運び込んでいるようだ。

「お帰り、アルナ、リズ」

「た、ただいま」

誰かに帰りを出迎えてもらうのは何年ぶりだろう。七歳で両親を亡くしてから、思えば家庭的なものとは縁遠かった。

「あら、セシル、手伝ってくれてたの?」

「だってゲイルがここに居候するつもりなら働けって。ここが終わったら棚卸を手伝えって言われたんだけど」

「うちは商品の種類が多いから在庫管理が大変なのよね。手を貸してくれると助かるわ」

にこやかに返すアルナに、ルカは肩を落としてため息をついた。

「人使いが荒い」

「『働かざる者食うべからず』よ」

「……夜は肉がいい」

「はいはい、準備しておくわ」

「よし！」

ルカはぐっと手を握り込むと、気を取り直したのか木箱に向き直った。

「力持ちねぇ。若い男の子はやっぱり違うわ」

木箱を三つ重ねて一気に持ち上げたルカの姿にアルナは目を丸くする。

「ゲイルが貧弱すぎるんだよ。アルナのが絶対力持ちだって」

「言えてるかも」

アルナはけらけらと笑った。

◆　◆　◆

「……じゃあ次、アストラシルク刺繍糸、一番、五箱」

「はい」

「二番、三箱」

買ってもらった衣類を片付けたら手持無沙汰になったので、マイアは店の裏手にある倉庫にて、ルカと一緒に店の棚卸の作業を手伝っていた。

ルカが数えて読み上げた倉庫内の糸の在庫を在庫管理用の帳面に書き付けていく。

帳面に使用されている紙は安くて粗悪な藁《わら》紙だから、気を付けないとすぐにペンのインクが滲んでしまう。

「一五〇番、三箱」

「はい」

「……ちょっと休憩しよう。疲れてきた」

キリのいい品番まで読み上げたところで、ルカはそう提案してきた。

倉庫の中の糸の在庫は膨大だ。何しろアストラシルクの刺繍糸だけでも二百色ある。縫糸《ぬいいと》も百色、それが太さを変えて三種類存在し、更に絹に比べると数は少ないものの、綿や麻など別の材質の糸の取り扱いもあるので、店内の商品の数は推して知るべしである。

「あー、くそ、なんで太さ違いでこんなに糸があるんだ……何で縫っても一緒だろ……」

「生地によって使う糸を変えるからよ。厚手の生地には太い糸、薄手の生地には細い糸を使って縫うの」

「へぇ……糸なんてどれも同じに見えるけどなぁ……」

「同じじゃないわよ！　なんの生地を縫うのかで素材や太さを変えなきゃいけないの。絹は同じ絹や革を縫うときに使うし、植物性の繊維の布を縫うときは綿の糸を使うのよ」

ルカの発言はマイアにとっては暴言だった。つい熱く語ると、ルカは明らかに引いていた。

「……詳しいんだな」

「一応お針子を目指してたから」

恥ずかしくなって目をそらすと、ルカがふっと笑うのが視界の端に見える。

「心強いよ。アストラまでは糸の行商をしながら移動するからリズに頼ることになるかも」

そういえば、行商しながらアストラに向かうと説明されていた気がする。

「売り歩く商品は糸なの？」

マイアの質問にルカは頷いた。

「うん、この商会は行商もしていて、行商を担当する者はうちの諜報員なんだ。だからゲイルに任せておけばそれ用の旅券も手配して貰える」

糸を売り歩きながらアストラに出国し、アストラにて糸を仕入れて戻る。その旅程の中で、この商会に所属するアストラの諜報員は様々な情報を探っているのだという。

「行商人なら夫婦を装うこともできるだろ？　リズには不本意かもしれないけどそこは我慢して欲しい」

「夫婦っ⁉」

マイアは動揺した。そんなマイアにルカは申し訳なさそうな表情をする。

「男女二人で旅をするならそれなりの理由がないと……マイアには悪いんだけど」

「ううん……」

マイアは恥ずかしくなって俯いた。

ルカは普通に格好いい。純粋な顔の良さで言うとアベルには劣るが、どこか冷たさを感じるアベルの顔より、少年めいたところのあるルカの方が親しみやすくてマイアは好きだ。

一方の自分はそんなに綺麗じゃない。自己回復力のおかげで肌や髪の色つやには自信があるが、顔立ちは十人並みで体格もがりがりだ。

だからすごく申し訳ない気持ちになった。そんなマイアの内心を知ってか知らずか、ルカは淡々と告げる。

「一応ギリギリまで商品の勉強はするつもりだけど、俺、裁縫は釦《ボタン》の付け直しくらいしかできないから、リズの知識には期待してる」

ルカの表情は静かで、意識している自分が馬鹿みたいに思えた。

(自意識過剰)

マイアは自分に向かって呟くと、心の中でため息をついた。

◆　◆　◆

ルカを見ると気持ちが落ち着かなくなるのは、きっと月が痩せてきたせいだ。マイアは市場をルカと並んで歩きながら、こっそりとため息をついた。

今の月齢は二八。明後日は喪月だ。一〇月ももう終わるのかと思うと感慨深い。

この大陸にあるほとんどの国では、月齢暦と呼ばれる暦が採用されている。月齢暦における一か月の末日は喪月だ。

アベル率いる陸軍の魔蟲討伐部隊は、恐らく既にフェルン樹海を引き上げ、次のホットスポットへと向かっているはずだ。

陸軍第一部隊が担当するもう一つのホットスポットは、ここから更に北に位置するヴィアナ火山の山麓部である。時折小規模な噴火を繰り返しているヴィアナ火山は、周辺の地熱が高いので、長く魔蟲が活発に動くしどんなに冷え込んでも雪が積もることもない。そのため第一部隊の魔蟲討伐遠征は、先にフェルン樹海に向かい、月が替わって更に気温が下がるのを待つのが慣例となっていた。

これで軍からは逃げきれたはず、というのがルカの見解だ。とは言え油断はできないので、マイアはアルナに協力してもらって化粧を派手にし、髪を巻いて顔の印象を変えた。

髪も瞳も魔道具の指輪で茶色に色を変えているし、そう簡単には気付かれないはずだ。


この街に着いたのは月齢が二四の日だったから、これで五日目だ。

クライン商会の棚卸の手伝いがようやく終わったので、マイアはルカに誘われて買い出しに来ていた。このローウェルは商人や傭兵の行き来が盛んなので旅の必需品を扱う店が充実している。

まず最初に向かったのは鞄を扱う商店だった。

「セシルさん！」

店に入るなり、店番をしていた一〇代後半と思われる若い女の子がこちらに向かって駆け寄ってきた。金髪に飴色の大きな瞳が印象的な可愛らしい女の子である。

「ご依頼頂いていた物入れの修繕ですが、もうできあがってますよ」

「えっ、もう終わったの？　仕上がりは二日後って聞いてたのに」

「お父さんが頑張ってくれました。すぐお持ちしますね」

愛想良く出てきた女の子だったが、マイアの姿に気付くとぴくりと頬を引き攣らせた。

「今日は彼女の鞄を見に来たんだ。……リズ、鞄は背嚢と肩掛け、どっちがいい？」

「えっと……どれくらいの収納力の物があればいいの？」

「基本は馬車移動になるから、当座の着替えに貴重品、それから二、三日分の食料が入ればいいと思う」

「うーん、あまり大きくなくていいのなら肩掛けのほうがいいかも」

店の中をざっと物色したところ、背嚢より肩掛けの鞄のほうが見た目が可愛いものが多い。マイアはぱっと目についた、シンプルな焦げ茶の鞄を手に取った。

帆布に革を組み合わせて作られたその鞄は、主素材が布なので見た目よりも軽い。

「……それ、私が考えた鞄です。お気に召しましたか？」

どこかムスッとした顔で店員の女の子が声をかけてきた。

「もう少し見てもいいですか？」

「……どうぞ」

その表情は店員としてどうなのかと思いつつも、マイアは鞄を開けて中の仕切りや外側のポケットの大きさなどを確認した。

この店員が制作に携わったと思うとちょっと複雑だが、品物自体は使いやすそうで結構いい。縫製がしっかりしているところが特に気に入った。

「それにする？」

ルカに尋ねられ、マイアは頷いた。

「じゃあこれと修繕の終わった物入れと、支払いは一緒で」

ルカがマイアの手から鞄を取り上げて女の子に渡した。

「合計で三万ベルになります」

女の子は慌てて笑顔を作ると会計をし、鞄をルカの物入れと一緒にして嚢紙に綺麗に包んでくれた。

「仲良さそうですね。羨ましいです」

どこか未練がましい言い方に苦笑いが浮かんだ。

店をふらりと訪れた格好いいお兄さんにちょっと憧れを抱いたけれど……という女の子の感情が一連の態度からは透けて見える。

「……特別な関係に見えたのかな」

マイアは店を出てからぽつりとつぶやいた。すると、ルカは目を細めて微笑んだ。

「あの子にそう見えたんだったら旅がやりやすくなる」

その発言に、意識しているのは自分だけだと思い知らされる。

冷静に考えればルカはアストラに戻れば貴族に相当する階級の人だ。所作や物腰からは育ちの良さが窺えるし、見た目もいい。だからきっと国に戻れば色々な意味で不自由していないに違いない。

ルカが優しくしてくれるのはマイアが聖女で、それがアストラの国益に繋がるからだ。それ以上の意味なんてないし、意味を求めるのも愚かだ。

こんなことで一喜一憂するなんてばかみたい。

マイアはルカの隣を歩きながら心の中でつぶやいた。

◆
◆
◆

保存食にマイア用の寝袋、そして、これからどんどん寒さが増してくる一方だから、追加の防寒具も必要だ。

色々と買い込んだ結果荷物が持ちきれなくなったので、一度クライン商会に引き上げる。すると店舗のほうからやってきたアルナに声をかけられた。

「お帰りなさい。ちょうどいいところに帰ってきたわ。セシル、悪いんだけど店番を替わってくれない？　ゲイルがかなり調子悪いみたいなのよ。でも今日はお得意様の所への配達があって……」

「店番は構わないけど、何、あのおっさん、もしかしてもう喪月症候群の症状出てんの？」

「たぶんそうだと思う。あの人、特に月の影響が出やすいから」

喪月症候群とは、喪月前後の魔力保持者に特有の体調不良のことである。

「今月は近点月だからそれも影響してるかもなぁ……」

「えっ、今月って近点月だっけ？」

ルカの言葉にマイアは思わず反応した。

長い観測の歴史の中で、月は周期的に地上に近付いたり遠ざかったりを繰り返していることがわかっている。

近点月は、月が地上に最も近付く月周期を差す言葉だ。その時期の喪月は、魔力保持者にいつも以上に大きな影響を与えると言われている。

「リズは大丈夫なの？」

アルナに尋ねられ、マイアはこくりと頷いた。

「今のところは。私の場合喪月症候群の症状はあまり酷くないんですが、近点月だと寝込むかもしれないです」

普段は少し体がだるくなる程度で済むのだが、近点月と聞くと不安になる。

前回の近点月は二年前。そのときはベッドから一日中起き上がれなかった記憶がある。

「大丈夫よ、もし寝込んでも私やセシルが付いてるから。……じゃあセシル、悪いけど店はお願い。私は配達の準備をしないと」

そう言い残すと、アルナは慌ただしく裏手の倉庫へと向かった。

「セシルは平気なの？」

「俺はあんまり喪月の影響は受けない体質なんだ。近点月でもそれは変わらない。ただ、体調はともかく魔術の威力がかなり落ちるから、喪月の日はあんまり外には出たくないかな……」

アストラが魔術大国にもかかわらず、他国への領土的野心を示さないのは、この魔力保持者の体質のせいだと言われている。

魔力保持者は身体能力が普通の人間よりも低く、長期の遠征には耐えられない上に喪月時には戦力ががくりと落ちる。主力の魔術師部隊が月に一度使いものにならなくなるせいか、アストラは喪月の侵略対策に強固な魔道具による防衛線を引き、守りに特化した姿勢を貫き続けている。

「さてと、俺は店のほうに出るからリズはゆっくりしてて」

そう告げると、ルカは店舗側へと向かった。

ゆっくりしろと言われても、本当にぼんやりするのは気が引ける。マイアはゲイルの様子を見に行く為に二階に上がった。


ゲイルが寝込む寝室のドアをノックすると、すぐに応答があった。

「誰だ」

「リズです。入ってもいいですか?」

「ああ」

許しが出たので寝室に入ると、ゲイルは酷くだるそうな様子でベッドに横たわっていた。普段から血色が悪いのに、目の下に濃い隈が追加されて骸骨みたいになっている。

「大丈夫ですか、おじ様」

「……あんまり大丈夫じゃない」

かなり調子が悪いのだろう。答える声も力がなかった。

「治癒魔法をかけても構いませんか？　少しは体がマシになると思います」

マイアの提案に、ゲイルは目を見張った。

喪月症候群の原因はまだ完全に解明されてはいないが、月からの魔素が著しく減少するせいで魔力器官が循環不全を起こすことが一因だと言われている。治癒魔法でその循環不全を治してやれば、完全には治らなくても症状の緩和が見込める。

「今この時季に魔力を使ってリズは大丈夫なのか？」

「私は元々そこまで喪月の体調不良は出ないんです。近点月だとちょっと不安ですけど、たぶん症状が出るのは喪月の日だけだと思います。今までもそうだったので」

「軽いんなら何よりだな。俺は駄目だ。喪月の前後は一週間近く体の調子が悪くなる」

それはマイアが知る中でもかなり症状が重い。思わず同情の目をゲイルに向けると苦笑いが返ってきた。

「もしリズの魔力に問題がないのなら治癒魔法をかけてもらえるとありがたい。こんなことで聖女の力を使ってもらうのは気が引けるが……」

「こんなことじゃないですよ、おじ様」

マイアはゲイルの手を取ると魔力を流した。

魔力器官は心臓の右隣、体の正中線上に存在する臓器だ。そこが本来の機能を取り戻し、体内の魔力が正しく循環するよう願いを込める。

「聖女の魔力というのは気持ちいいものなんだな。温かい」

「治癒を受けたことはないんですか？　おじ様は貴種《ステルラ》なのに」

マイアの中の常識では、聖女の治癒は主に貴族、魔術師、そして軍人のものだ。

聖女の魔力には限りがある。だから誰にどう施すかの優先順位が決められていて、特権階級に独占されているのが現実だ。

聖女の治癒魔法は病の治療には使えない。しかし体の痛みを和らげる効果はあるので、平民の重傷者よりも持病持ちの貴族の痛みの緩和が優先される。

平民が聖女の恩恵を受けられるのは、基本的に月に一度、首都において行われる施療院の市民解放日のときだけだ。

なお、国に多額の寄進ができる大富豪はその限りではないところが世知辛いところである。

また、市民解放日は平民に対するご機嫌取りの政策だが、遠方の街や村からも膨大な数の申請があるので抽選によって順番が決められる。この抽選が公正なものなのかも正直疑わしい。というのも、市民解放日の治療に訪れるのは、身綺麗な人が多いのだ。下町の庶民と思われる人がいない訳ではないが少ない。マイアは抽選にも作為が働いているのではないかと疑っていた。

ちなみに、市民解放日に訪れる身なりの悪い平民や面倒な性格の貴族など、聖女の間で汚れ仕事と呼ばれる厄介な仕事はだいたいマイアたち平民出身の聖女に回される。階級の格差は聖女の世界にも存在する。

それはさておき――。

「アストラの貴種《ステルラ》はこっちより数が多いからな……聖女の治療順位は向こうにもあるが、優先順位が高いのは軍属の魔術師や軍人、次いで中央の政治屋や官僚だ。俺は諜報に異動する前は研究者だったんでな。大きな怪我をしたこともなかったから縁遠かった」

ゲイルの言葉にマイアは手元の指輪に視線を落とした。

「魔道具の研究者だったんですよね？　これもおじ様が作られたって聞きました」

「ああ、細かい魔力の制御は得意なんだ」

ゲイルはベッドから体を起こしながら答えた。心なしか顔色が良くなっている。

「ありがとう。随分と楽になった」

とはいえまだ本調子ではなさそうで、痩せて血管の浮いた腕が痛々しい。

「実は今でも研究は続けているんだ。色々事情があって諜報に回ることになって、糸屋を営むことになったんだけどな……これも何かの縁かと思って、布への魔術付与を研究してる」

ゲイルはどこか遠くを懐かしむような眼差しで告白した。

「……そうだ、リズ、気が向いたらでいいから研究に協力して貰えないか」

「協力……？」

首を傾げたマイアに頷くと、ゲイルはベッドから降り立った。その途端ふらついたので、マイアは慌てて支えてやる。

成人男性ではあるが、ゲイルはかなり痩せているのでマイアでもどうにか支えられた。

「無理に起きないほうがいいです。私が代わりに取りますから」

「情けないな……すまないが、そこの戸棚の上に置いてある赤い冊子と、戸棚の上から二番目の引き出しの中に入れてある箱を取って貰えないか？　これくらいの奴だ」

言いながらゲイルは指で横七センチ、縦一二センチほどの長方形を作った。

マイアは頷くと、指示されたものを探し出して、ベッドに戻ったゲイルに手渡す。するとゲイルは、一旦両方を受け取ったあと、冊子を開いてこちらに差し出してきた。

マイアは中身を目にして目を見張った。

分厚い赤の冊子には、絹と思われる艶のある生成の生地に、金糸で様々な魔術式の刺繍が施されたものが何枚も綴られていた。

「これは……」

「魔術布と呼ばれるものだ。魔道具の一種だな。その刺繍に使用している糸は、月晶石を繊維化したものが混ざった絹糸だ」

月晶石――それは魔道具の動力の源となる鉱石だ。魔道具が高価なのはこの月晶石が希少なせいである。

「アストラにはアストラシルクの染色技術を開発した天才がいる。そいつが次に開発したのがこの月晶糸だ。この糸と特殊な針を使って魔術式の刺繍を施すと布に魔術が付与できることがわかった。それも魔力をかなり長く貯め込み続けられる」

「長いってどれくらいですか？」

「刺繍の出来栄えにもよるが、俺の技量だとだいたい半月程度だ」

それは長い。マイアは目を見張った。月晶石が魔力を留めておける時間は、もって丸一日程度というのがマイアの中の常識だったからだ。

魔道具は中に組み込まれた月晶石が蓄えた魔力が尽きれば使えなくなる。どれくらいの魔力が必要になるかは魔道具によって様々だ。小型の照明器具程度なら平民の魔力でも問題なく起動するが、複雑な術式が込められた魔道具になると、魔力保持者が定期的に魔力を補充する必要がある。

「今は鋼鉄並みの強度を持つ布がようやく実用化の目処が立ってきたって段階なんだ。布の性質を残しつつ強度を高めるのがなかなか難しくて……。今後は発熱・保温効果や冷却効果、魔術耐性を上げる布なんかを作れたらと思ってる」

「……もし研究が進めば、鎧や服の歴史が変わりそうですね」

マイアは布に目を落としてつぶやいた。半月も効果が持続するということは、魔力保持者が定期的に魔力を補充してやりさえすれば、普通の人間の装備としても転用できるということに繋がる。魔力保持者の多いアストラにおいては、大幅な軍備増強に繋がるのではないだろうか。

「研究が進まない一番の原因は、それなりの裁縫の技術を持つ貴種《ステルラ》が少ないせいだ。なんせ成人するまでひたすら魔術の勉強に打ち込むからな。そいつを刺したのは俺だが、この研究の話が来てから一から裁縫の勉強を始めたから、自分で見ても初期の作品はかなり酷い出来だ」

「…………」

確かにゲイルの言った通り、冊子の後半のほうは様になっているが、前のほうの作品は布が引き攣《つ》れたり線がガタガタになっていてお世辞にも上手とは言えなかった。しかし率直な感想を述べるのはさすがにはばかられ、マイアは沈黙する。

「布に魔術を付与する為には、単に刺繍を刺すだけでは駄目なんだ。魔力を持つ奴が、自分の魔力を込めながらここにある月晶石製の針を使って刺さなきゃいけない。ついでに刺繍の出来も品質に影響する」

そう言いながらゲイルは手元の小箱を開けた。その中には、金色の刺繍糸と一緒に、金色の刺繍針が太さ違いで二本入っていた。

「だから私に声をかけたんですか？」

「それもあるが、聖女の魔力そのものを閉じ込めた布が作れないかなと思ってな。治癒の性質を持つ魔力を付与した布を作れたら、兵士の死亡率を下げられるかもしれない。だけど本国でも聖女は希少でね……そう簡単に何かを頼めるような存在じゃないんだ」

「……なるほど」

「嫌なら断ってくれてもいい」

「いえ、面白そうなのでお手伝いします。具体的には何をすればいいですか？」

道中のいい暇つぶしができたと思えばいい。マイアは引き受けることにした。

「材料と図案を渡すから、アストラに向かう間に少しずつでも刺繍を刺して貰いたい。最終的に首都にいるナルセス・エナンドという貴種《ステルラ》に提出して欲しい。そいつが月晶糸の開発者だ。試してもらいたい新しい魔術式ができたらその都度通信用の魔道具で連絡する」

「わかりました」

「できる範囲でいいからな。セシルにも伝えておく」

「はい」

「ありがとう」

ゲイルから深々と頭を下げられ、なんだか照れくさくなった。

◆　◆　◆

体が重い。動けない。

近点月の喪月の訪れをマイアが実感したのは、朝、ベッドから体を起こそうとしてぐらりと目眩を覚えたときだった。

目の前がぐるぐるする。どうやら平衡感覚がおかしくなっているみたいだ。

馬車酔いしたときのような気持ち悪さを覚え、マイアはベッドの中へと逆戻りした。

毛布にくるまって目眩と吐き気に耐えていると、アルナが様子を見に来て、ムーングラスというハーブで作ったコーディアルをお湯で割ったものを持ってきてくれた。ムーングラスは喪月症候群の症状を緩和する効果があると言われている。

ミントに似た清涼感のあるコーディアルを口にすると、気持ち悪さはかなりましになった。しかし体全体が重いし頭痛もするので起き上がるのはとても無理だ。

こう体が辛いと魔力保持者に生まれたことが恨めしくなる。

きっと今頃ゲイルも苦しんでいる。いや、ゲイルのほうがマイアよりずっと辛い思いをしていそうだ。しかし今日はさすがに治癒魔法をかけにいくのは無理である。

マイアは深く長いため息をつくと、痛む頭を手で押さえてベッドにごろりと転がった。

◆　◆　◆

ルカがゲイルの寝室を訪れたのは、店舗で欠品した糸の在庫のありかを確認するためだった。

苦しそうな顔でベッドの住人となっているゲイルの姿に思わず同情する。そして忌まわしい自分の特異体質にこのときばかりは感謝した。

「パトラ産の綿糸の二番なら倉庫右手側にある三番目の棚の上のほうだ。悪いな、手伝わせて」

「心にもないこと言いやがって。タダ飯食ってんだから当然だって思ってるくせに」

むっとした表情で反論すると、ゲイルはくくっと笑った。

「わかってるじゃないか。ま、でも正直この近点月の時期にお前が来てくれたのは助かったよ。アルナ一人じゃ手が回りきらなかったかもしれない」

「喪月の時期のゲイルは正直役立たずだもんな」

「うるさい。全部近点月が悪いんだ。いつもは喪月以外ここまで酷くならない」

ゲイルはそう言うと、はーっと息をついた。

「リズも寝込んでるんだってな」

ゲイルの質問にルカは頷く。

「うん。いくらなんでも、寝込んでる女の子のところには行きづらくて今日は会ってないけど。アルナが言うにはさすがに近点月だと堪えるみたいだ」

「随分お行儀がいいじゃないか」

「失礼な。俺はいつだって紳士だよ」

ルカはゲイルの言葉に鼻白んだ。

「実際のところどうなんだ？　リズは結構可愛い」

「なんでそういうことをすぐにおっさんは聞いてくるかな」

「おっさんは若者の甘酸っぱい話が好きだからだな」

ルカはからかい混じりの表情を向けてくるゲイルにため息をついた。

「リズが可愛いのは認めるけど何もないよ。そもそもまだ出会って半月くらいしか経ってないし」

「恋に落ちるのに時間は関係ないだろ」

「おいおっさんいい加減にしろよ」

ルカが睨みつけるとゲイルは軽く肩をすくめた。

「でも、本国がお前にリズの亡命のサポート役を命じたのは、絶対にそっち方面に進展するように期待されてるからだろ」

ゲイルの言葉にルカは舌打ちした。

「正直まさか俺だけに指名が来るとは思わなかった。異国の、それも平民出身の聖女だぞ？　上からしたら喉から手が出るほど欲しい血統だろ」

貴種《ステルラ》同士の婚姻は確かに貴種《ステルラ》が生まれやすいが、近親婚は子供の先天性疾患や流産などの確率を上げる。

だからアストラでは、何代かに一度は計画的に平民《オリジン》との婚姻が推奨されているし、平民《オリジン》の家系に生まれた貴種《ステルラ》は、新しい血をもたらすものとして歓迎される。

マイアの場合は外国人の上に平民の出身だ。アストラにとっては何よりも貴重な新しい血の持ち主である。そんな存在を出自のせいで蔑ろにした挙句殺そうとするなど、この国の連中の暴挙は実に許し難い。

「聖女も貴重だがお前も貴重だ。何しろ喪月の影響をほぼ受けない特別な貴種《ステルラ》なんだからな」

そうだ。ゲイルの言う通り、自分は異端の貴種《ステルラ》だ。

貴種《ステルラ》ならば多かれ少なかれ誰もが悩まされる喪月症候群を克服し、かつ貴種《ステルラ》の中では丈夫な体を持って産まれてきたので、新種の貴種《ステルラ》という意味で『超越種《トランスケンデンス》』とも呼ばれる存在である。

アストラの上層部はルカの子孫を望んでいる。亡命予定のイルダーナの聖女に旅の間に手を出したとしても構わない、そう考えているのだろう。

ルカは深くため息をつくとゲイルに向き直った。

マイアは普通に可愛い。見た目もだが、森の移動のとき、文句一つ言わずにこちらについて来ようとしていた姿からは、我慢強さと努力家な一面が窺えたし、小動物のような印象に反して意外に図太いところにも好感が持てる。

今の派手な見た目は正直あまり好みではないが、アルナとはしゃぎながら化粧をする姿は、年頃の女の子らしかった。

「俺は国の思惑に乗って、何も知らないマイアを誑かすようなことはしたくない。それにゲイルも知ってるだろ。俺の体質はそんなにいいものじゃない。確かに喪月症候群の苦痛とは無縁かもしれないけれど、その分満月の夜には魔力が満ちすぎておかしくなる」

半月前の満月の夜、こっそりと天幕を抜け出したのは、同じ天幕で過ごす傭兵仲間のいびきのせいではなかった。本当は体の中の荒ぶる魔力を森の中で発散し、自分の中の破壊衝動を鎮める為だった。途中でマイアに出会ったのは本当に偶然だ。

ルカはマイアに癒しの魔力を流してもらったことを思い出し、あのとき彼女の手が触れた自分の右手を見つめた。

ほんのわずかな時間の触れ合いだったのに、体内で暴れる魔力が嘘のように鎮まった。

聖女の治癒を受けるのは初めてではなかったが、マイアの魔力は特に温かくて優しかった。満月の時期だったから、よりそう感じたのかもしれない。

彼女が傍にいれば、恐らく今後破壊衝動に悩まされることはなくなるのだろう。しかし――。

右手を握り込むとルカは目を伏せた。

「喪月を克服した弊害は破壊衝動だけじゃない。こんな体質を引き継ぐ子供がもし産まれたら可哀想だ」

ルカのつぶやきにゲイルは黙り込むと、物言いたげな視線を向けてきた。

それがやけに癪に触り、ルカはゲイルから目をそらした。

◆　◆　◆

マイアの目の前でエストックを構えたルカの姿は、これまで傭兵をやっていたのだから当然だが、様になっていてすごく格好良かった。

「はっ！」

短い声と共に、裏庭に立てられた木の杭に突きを繰り出す。すると、乾いた金属音を立てて剣が弾き返された。

「へえ、面白いね。傷一つ付いてない」

剣を弾いたのは木の杭にくくり付けた手巾サイズの魔術布だ。ゲイルが強度を上げる魔術式を刺繍したものである。

「諜報に飛ばされててっきりもう研究はやめたのかと思ったけど、まだナルセスと繋がっていたとはね」

「糸の仕事をやるんだったら丁度いいだろって言われて押し付けられたんだよ」

ルカの言葉に反論したゲイルは不機嫌そうだった。

ナルセス・エナンドはアストラシルクの魔術的染色と、月晶糸を生み出したとされる人物だ。

「さて、次はリズが刺繍したほうか……」

ルカはつぶやくと、木の杭にくくり付けた魔術布をマイアが刺繍したものに取り替えた。

「試すまでもなく既にかなりの魔力差を感じるんだけど」

「刺繍の腕の差かもな。ナルセスには今から当たりを付けた学生の教育をするよう進言しておく」

ゲイルは軽く肩をすくめた。

喪月の日から二日が経過している。

ベッドの住人になって喪月の苦痛に耐えたマイアは、月が姿を見せると同時に回復したものの、今度は眠れない夜を過ごす羽目になった。喪月の日に眠りすぎて、今度は寝られなくなってしまったのだ。

そこでルカに魔術の明かりをつけてもらい、マイアはゲイルに頼まれた刺繍に取り組むことにした。チクチクと針を動かし始めたら思ったよりも興が乗り、今朝になって刺繍を入れた手巾が仕上がったので、ルカの手を借りてゲイルの作品と比較することになったのだ。

ルカが再び剣を振るった。

するとさっき以上に大きな金属音が響き渡り、ルカは剣を取り落とした。

「いっ……」

「大丈夫!?」

マイアが駆け寄ると、ルカはぶらぶらと手を振った。

「平気平気。ちょっと力加減を間違えただけ」

ルカは苦笑いをして地面に落とした剣を拾い上げる。そんなルカにゲイルが声をかけた。

「どうなんだ？」

「明らかに強度が違う。悪いけどゲイルのより相当感触が硬い。こいつが魔剣じゃなかったら折れてたかも」

「……そうか。もしかしたら俺とリズの魔力量の差も出ているかもしれないな」

ゲイルは思案するように顎に手を当ててマイアに視線を向けてきた。

「正確な測定値が欲しいが本国に戻らないと無理だな」

「私の魔力値は去年の測定で確か三五八だったと思います」

「それはこの国での計測結果だろ？　アストラとは規格が違うんだ」

「今後衰えていく一方のゲイルとまだ伸びるリズの差はどんどん開いていくんだろうな」

ルカの軽口にゲイルは顔をしかめた。魔力量のピークは二五歳前後と言われていて、ピークを過ぎるとゆるやかに減少していく。

「今日の飯は野菜だけでいいってアルナに言ってくる」

「ゲイルごめん！　冗談だって！」

ルカとゲイルは時々親子のように見える。少しだけその関係が羨ましかった。

夜更かしして刺繍を頑張りすぎたせいで今頃眠くなってきた。

「リズ、夜更かししたんだろ。出発は明日だぞ？」

大あくびをルカに見咎められてしまった。

「今日は夜まで寝ない。その代わり夜になったら早めに寝て明日に備えるわ」

眠らないためにアルナか店の手伝いをするつもりだ。

「そうだセシル、予備の服を一着預かってもいい？」

「いいけどなんで？」

「ゲイルが自分たちの服に刺繍を入れてみたらどうかって。セシルはともかく私は体力的に武装できないから」

基本的に街道沿いを行く予定とはいえ、道中には不意の危険がつきものだ。野盗に襲われることもあればホットスポットをさまよい出た魔蟲が出ることもある。

共喰いが極まった結果現れる肥大化した魔蟲と比べると、はぐれ魔蟲はそこまで強くはないが、一般人にとっては紛れもなく脅威だ。だから腕に覚えのある行商人は武装するし、自信のないものは隊商を組んだり傭兵を護衛として雇ったりする。

「……そういうことなら、まずはリズの服を魔術布にするべきだ。俺の服はそっちの服が終わってからでいい。あと、刺繡をするのは構わないけど旅の途中の夜更かしは認めない。次の日の移動に響く」

「それくらいわかってるわ」

なんだか子供扱いされているみたいだ。マイアは思わずむっとして言い返した。

（なによ、年上ぶって）

……と考えたところでルカとは七歳の年齢差があることを思い出し、見た目が若いと舐められるという本人の発言の意味を実感したのだった。

◆◆◆

翌日、マイアとルカは、クライン商会に所属する行商人としてこのローウェルの街を発つ。

マイアという名前は学芸の女神の名前で、この国の女の子の名前としては珍しくはないのだが、念の為国境を越えるまではリズ・クラインの偽名を継続して使うことになった。

ルカもまたセシルという偽名を継続して使う。傭兵から一転、『リズ』と結婚するために婿入りしたという『設定』が新たに追加され、セシル・クラインとしての旅券がゲイルによって手配されていた。

マイアはルカと一緒に荷作りの最終点検を終えると、手持ち無沙汰になったので、自分の服を魔術布にするための刺繍に取り組むことにした。というのも、出発を控えているため、店の手伝いもアルナの手伝いも断られてしまったのだ。

一枚の布を魔術布に変えるには、布の外周を一周するように月晶糸の刺繍を入れなければいけない。規定の魔術式を入れ終えたら、後の図案は自由で、別の色糸を重ねてもいいそうだ。

服の場合は、ゲイルによると、裾・袖口・襟元に刺繍を入れればいいとのことだった。トラウザーズやスカートの場合は腰と裾の二箇所になる。

月晶糸自体は綺麗な金色の糸なので、どうせなら可愛らしく見えるようにしたい。

もしかしたら、刺繍を刺すよりも図案を考えるほうが楽しいかもしれない。そんなことを思いながら、マイアは考えた図案をまず藁紙に書き出してみた。

「考える奴が違うと全然別物ができるもんなんだな」

後ろからゲイルが話しかけてきたのは、布用チョークを使って図案をブラウスに書き写していたときだった。

「ゲイルとは元々のセンスが違うのよ。やっぱり女の子よねぇ。凄く可愛い」

この場にはアルナもいる。小休憩を入れるために店のほうからこちらに来たようだ。

「リズ、この図案、使わせてもらってもいいだろうか？　こんな稼業だと何があるかわからないから、アルナの為に何着か作ってやりたい」

「いいですよ」

褒められたのが嬉しくて、マイアは藁紙に描いた図案をゲイルとアルナに渡した。季節の花や果物など、よく刺繍のモチーフに使われる植物を魔術式と組み合わせてみたものだ。

「もしかしたらリズは刺繍職人の道に進んでも成功したかもしれないわね」

「うーん、それはどうでしょうか？」

アルナの褒め言葉にマイアは苦笑いした。

刺繍や縫製の職人、デザイナー……服飾の世界で下町出身のお針子が成功するには、本人の腕以上に運が物を言う。有力な後援者《パトロン》が見つけられるかが全てだ。

人脈、コネ、体、持てるもの全てを使い、富裕層にうまく気に入られた者だけが大成する厳しい世界である。

「もしかしたらいい商売になるかもしれないな。ナルセスに連絡してみるか……」

図案を覗き込んだゲイルがぽつりとつぶやいた。

「その糸はナルセス様じゃないと作れないのよね？　それが売り物になるとしても、まずはアストラでって話になるんじゃないの？」

「そりゃそうだろ。月晶糸の有用性を考えたら、本国が輸出を許さない可能性が高い」

「それならアストラの伝統文様を組み込んだ図案も考えたほうがいいわ。ちょっと待ってて。持ってくるから」

一旦席を外したアルナは、大きな籐の箱を抱えて戻ってきた。箱の中には変わったデザインの衣装や手巾などが入っている。

詰まった襟に飾り結びで作られた留め具が特徴的なワンピースは、確かアストラの伝統的な民族衣装である。生地全体に花や鳥などの大振りの刺繍が施されている。

こちらの刺繍がデフォルメされていて可愛らしい印象なのに対して、アストラの刺繍は写実的で華やかだ。

「若い頃着ていた服の中でも状態のいいものだけを取ってあったの。太っちゃってもう着られないんだけどなかなか捨てられなくてね。いい機会だからリズにあげるわ。図案を考えるときの参考にしてくれると嬉しい」

「思い入れのあるものですよね？　図案だけ写させて貰えたら十分ですよ」

「ううん。着られない服を持っていても仕方ないもの。アストラに到着したときに袖を通して貰えると嬉しいわ。アストラの服は帯で調整するから、裾の長さを少し直す程度で着られると思うの」

重ねて言われてもすぐに受け取るのははばかられる。視線をさ迷わせると、ゲイルと目が合った。

「遠慮せずに持って行っていいんじゃないか？　そのデザインじゃ若すぎて、アルナが痩せたとしてももう着るのは苦しいだろ」

「なんですって……？」

「事実だろ？」

「本当のことでも言われると腹が立つのよ」

アルナは頬を膨らますとゲイルを睨みつけた。それから軽く息をつき、改めてマイアに向き直る。

「リズが嫌じゃなければ受け取って。なんとなく捨てられなくて取っておいただけだから」

ここまで言われると断れない。

「……ありがとうございます」

マイアは頷くと、民族衣装の刺繍をそっと撫でた。

五章　出立

アストラには糸を売る行商人に扮して向かうため、荷馬車を使い、あちこちの村や町に立ち寄って実際に商売をしながら移動する予定だ。その旅の道程で一番の気がかりは、最後はトリンガム侯爵領を通らなければ出国ができないということである。

アストラとイルダーナの国境は、水晶連峰《クリスタルム・アルプ》という険しい山脈に隔てられており、安全に通行できるルートが限られているのだ。

トリンガム侯爵領は、マイアを殺そうとしたティアラ・トリンガムの父親の領地である。ティアラは今もまだ陸軍第一部隊の遠征に同行しているはずなので、顔を合わせることはまずないのだが、トリンガムの名前を聞くだけで嫌な気持ちになった。

旅立つにあたって、ゲイルとアルナはあちこちを走り回って準備を手伝ってくれた。

偽名での偽造旅券、国境を抜けるための通行許可証に、商品を積んだ馬車と馬。馬車は一頭立ての小ぶりなものだが、幌が付いていて野宿するときには天幕の代わりになるという代物だ。

馬車を引く馬はパティという名前の栗毛の牝馬《ひんば》だ。荷運びに適した大きな体格と穏やかな性格が特徴なのだが、油断をするとマイアの髪を食べようと狙ってくるのが唯一の欠点だった。ルカにはやらないので、たぶんマイアはパティに舐められている。

ゲイルとアルナには本当に良くしてもらったから、出立のときには泣いてしまった。

魔術布の刺繍に関する連絡のため、対になっている通信用の魔道具を渡されたから、その気になればいつでも連絡は取れるのだが、次に直接会えるのはいつになるかわからない。それを思うと寂しくて別れ難かった。


既にマイアはルカと一緒に旅の途上にいる。

これまで馬とは無縁の生活を送ってきたのでマイアに御者はできない。当然のように手綱を握ったのはルカだった。

しかし、荷馬車の上からの景色が物珍しくて楽しかったのは、街を出て一時間くらいだった。

商人が使う馬車だ。軍や貴族の馬車とはそもそもの乗り心地が違う。また、街から少し離れると、途端に道の状態が悪くなった。石畳で舗装されているのは都市の近辺までで、そこを過ぎると土の道に変わるせいだ。

馬車の轍《わだち》、そして人の往来が作った道である。凸凹の激しい悪路のせいで荷馬車はガタガタと激しく揺れた。

「う……」

マイアは商品の入った木箱にぐったりともたれかかり、揺れから来る酔いに必死に耐えていた。

長時間馬車に乗ると酔う体質ではあるが、ここまで早く気分が悪くなるとは思わなかった。

「リズ、大丈夫？」

馬車が停まった気配がして、御者席からルカが顔を出した。

「ごめんなさい。揺れが思ったより酷くて……」

「少し外の空気を吸ってきたら？　気分転換になると思う」

「うん……」

マイアはのろのろと立ち上がった。するとすかさずルカが手を差し出して、馬車の荷台から降りるのを手伝ってくれる。

荷台を降りると街道沿いに見えたのは、緑から茶色に移り変わりつつある山々が広がる景色だった。月が変わって冷え込みがより一層厳しくなった。しっかりと着込んでいるので体は寒くないが、顔に当たる空気は刺すように冷たく吐息も白い。

荷台のほうからがさごそと音が聞こえたので振り返ると、ルカがクッションやら毛布やらをかき集めているのが見えた。どうやら揺れに弱いマイアの為に、快適に休める空間を作ろうとしてくれているようだ。

こういう紳士的な優しさが心臓に悪い原因だ。……と感じたところで、アベルも王子様らしく女性のエスコートは完璧だったことを思い出した。

アベルのときはひたすら居心地が悪かっただけなのに、ルカだと恥ずかしくなるのは元々の好感度の差だろうか。

マイアは小さく息をつくと、街道の脇に腰かけるのにちょうどいい岩があるのを見つけ、ふらふらとよろけながらそちらに移動した。

まだ地面が揺れているような気がする。

岩に腰を下ろすと、マイアはパティの様子を観察した。

パティは尾をゆらゆらと振りながら、もしゃもしゃと道端の枯草を食《は》んでいる。

「リズ、ハーブティーを淹れたからちょっと一休みしよう」

声をかけられたので顔を上げると、湯気を立てるカップを持ってルカがこちらにやって来るのが見えた。きっと魔術やら魔道具を使って淹れてくれたのだろう。

「セシル、いきなり迷惑かけてごめんね……」

ひ弱な自分が恥ずかしいやら申し訳ないやらで謝ると、頭に手が伸びてきて髪の毛をぐしゃぐしゃにされた。

「ちょっと、やだ！」

マイアはルカの手から逃げた。せっかくアルナに可愛く結ってもらった髪の毛が台無しだ。むっと膨れながら、編み込んでもらった部分が無事かどうかを手で触って確かめる。

良かった。たぶん乱れてない。

「これくらい想定内だから落ち込まなくていい。リズは貴種《ステルラ》の中では丈夫なほうだよ。自己回復力が高いからだろうけど」

確かに少し休めばすぐにマイアの体は回復する。魔力がわずかに目減りしているところをみると、自己回復力が働いているみたいだ。

「元々休み休み進むつもりだったんだ。リズとしては早くアストラに入りたいだろうけど、無理して

体を壊すのが一番良くない」

やっぱりルカは凄く優しい。マイアはうつむくと、カップの中のハーブティーを口に含んだ。カモミールを中心に、いくつかのハーブをブレンドしたと思われる複雑な味がした。

すると、緑色の丸い硝子玉が埋め込まれた金の腕輪が視界に入ってくる。

硝子工芸が盛んなイルダーナでは、婚姻の際互いの瞳の色の硝子玉が入った腕輪を交換するという風習がある。この腕輪は、夫婦を偽装するためにルカが用意したものだ。

ルカの腕にも茶色の硝子玉が腕輪にはまっている。腕輪の石はお互いに本来の瞳の色ではないけれど、視界に入る度に複雑な気持ちが湧き上がる。

マイアは腕輪から視線を外すと、湯気を立てるハーブティーを見つめた。

◆
◆
◆

「行商人が来たよー!!」

馬車の中でぐったりと横になっていたマイアは、外から聞こえてきた甲高い子供の声で目を開けた。

「リズ、ルアンナに着いたよ。もう少しで停まるから」

御者席のルカが声をかけてきた。

ルアンナはローウェルから一番近い村で今日の目的地だ。今日はここで商売をしてからどこかの軒下を借りて一夜を過ごす予定である。

荷馬車には便利な魔道具を沢山詰め込んである為、本当は野宿でも大丈夫なのだが、先を急ぐと村人から怪しまれてしまう。

普通の旅人は昼下がりに村に着いたらそこに留まる。マイアもルカも逃亡者という立場なので、あくまでも普通を凝装する必要があった。

「迷惑かけてごめんね……」

マイアは力なくルカに返事をした。

馬車を停めてもらって小休止を取ると割とすぐに復活するのだが、移動が始まるとまたすぐに気持ち悪くなる。今日はその繰り返しだ。食事もほとんど喉を通らなかったし、この旅路でもマイアはルカの足手まといになっている。

「何回も言ってるけど迷惑だなんて思ってないから。リズはそのまま寝てていいよ。村の人の応対は俺がする」

「ううん……降りていいなら外に出たいな。外の空気を吸う方がすぐ回復するような気がする」

「そっか。じゃあ着いたらまた声をかけるから、それまでは横になってて」

「うん……」

再びマイアはクッションに顔をうずめた。今横になっている場所も、ルカがクッションや毛布を重ねて整えてくれた場所だ。

「見ない顔だけど、あんた、どこの商会の人だ？」

外から野太い声が聞こえてきて馬車が停まった。声をかけてきたのはルアンナの村人に違いない。

「ローウェルのクライン商会です」

「クライン商会？　糸の所か。今年はいつもの人じゃないんだな」

「そうですね。いつもの奴が腰を痛めたんで今年は俺になりました。一応旅券をお見せしましょうか？」

「いや、そこまではいいよ。早く村のほうに行ってやってくれよ。女どもが待ち構えてるからさ」

「はい。では失礼します」

ルカは愛想よく答えると、馬車を再び発進させた。


イルダーナ王国南部は比較的温暖なのだが、冬になると季節風の影響でかなりの雪が降り積もる。そのためそろそろ農村は農閑期を迎える。

クライン商会の糸は、この時季を利用した農家の女性の手仕事に利用されていた。

行商の担当者は往路で農村の村長に一括して糸を売り、隣国アストラへと向かう。そしてアストラで糸を仕入れた後は、糸を預けた農村を回り、預けた糸で作られた製品を買い取ってクライン商会に持ち帰る。

この行商は商売として成り立って、かつ合法的に国中を回れるので、アストラの諜報局には十分以上のうま味があるらしい。

また、農村の手工業は、冬の貴重な収入源として各地の領主の後援を受けている。そのため糸の取引は現金ではなく、領主が裏書した手形を介して行われる。これは直近の収穫量にかかわらず農村に冬の収入源を与えるための措置だ。

農村の女性たちが作った精緻なレースや刺繍製品は高値で取引されるが、作り手がそれらを身に着ける機会はないのだからこの世界は不公平にできている。マイアも聖女の魔力に目覚めていなければこの作り手側に立っていただろう。

マイアは小さく息をつくと、ゲイルやアルナに教えてもらった行商の基礎知識を思い出しながら、のろのろと体を起こす。せっかく手形の処理方法や商品知識を付け焼刃とは言え身に付けたのだ。微力でも何かの役に立ちたかった。

荷台から御者席のほうに移動すると、ローウェルの外壁の外に似た小麦畑が広がっていた。

この辺り一帯は肥沃な平野が広がっていて、国内有数の穀倉地帯として知られている。

村の中央には大きな井戸と広場があり、村人らしき人影が集まっているのが見えた。小さな農村ではよそ者が訪れるのは珍しいから、わらわらと家の中から出てきたようだ。

「マイア、起きてて大丈夫?」

「うん、なんとか……」

マイアは吐き気をこらえながらルカに返事をした。そして寝乱れた髪を手で軽く整えると、転ばないよう気を付けながら移動し、御者台のルカの隣に腰かける。

もう少しでこの馬車から解放されると思うと、少しだけ気持ちが楽になった。

広場に近付くと、集まっていた人のうち一人の女性が声をかけてきた。

「初めて見る顔ね！　どこの商会？」

「クライン商会です」

「クライン？　糸問屋の？」

「今年は随分と若い人を寄越したのね」

「夫婦？　それとも兄妹？」

「夫婦だろ？　だって二人そろって腕輪付けてるじゃねぇか」

「いつ結婚したの？　新婚さん？」

ルカが名乗ると、村の人たちは口々に話し掛けてきて、こちらに答える隙を与えてくれない。

「皆！　そこまでだよ！　そんなに質問攻めにしたら答えられないよ！」

村人を止めたのは恰幅のいい中年の女性だった。

「あたしはジョーヌ。今は旦那に代わって村長の代理を務めてる。旦那も含めて働ける男たちは出稼ぎに行っちまったからね。まずはうちに来てくれるかい？」

ジョーヌの発言にルカはあからさまにホッとした様子を見せた。

「よろしくお願いします、ジョーヌさん」

「あそこの家だよ」

ジョーヌは周りの家よりもひときわ大きく立派な家を指さした。村長は村の顔役であり、地主の家系が務めることが多い。それを窺わせる造りの家である。

「リズはこのまま馬車に乗ってて」

ルカはマイアに声をかけると、軽々と御者台から飛び降りてパティの手綱を掴んだ。そして先導するジョーヌの背中を追いかける。

「奥さんと仲良くね！」

広場に残る村人から冷やかすような言葉をかけられて、マイアは乾いた笑みを浮かべた。

◆
◆
◆

ジョーヌの家に辿り着くと、ルカは馬車を停めてマイアに向かって手を差し出してきた。

「ありがとう」

マイアは遠慮なくルカの手を借りて御者台から降りる。

乗り物に乗ったときの常でまだ地面が揺れているような気がする。

目眩を覚えてふらつくと、ルカの手がすかさず肩に伸びてきて、マイアの体を支えてくれた。

「大丈夫？」

「うん。ありがとう、色々とごめんね」

「仲がいいね。いいことだ」

ジョーヌから冷やかすように声をかけられて、マイアは恥ずかしさに頬を染めた。

「新婚さん？」

「はい。半年前に籍を入れたばかりで」

「いいね。初々しくて羨ましい。でもあんた、もっとしっかり食べなきゃだめだよ。細すぎる」

後半はマイアに向けられたものだ。

「頑張ってはいるんですが体質で……」

マイアは苦笑いしながら答えた。

「早速なんですが荷下ろしをさせて頂いてもいいですか？」

「ああ。荷はここらあたりに積んでもらえるかい？」

「はい」

「今晩はこの村に泊まるよね？　うちで部屋を用意するから、その馬も馬車も厩《うまや》の空いている所に入れるといいよ」

「いや、旦那さんが出稼ぎに行かれているのなら、家の中は女性だけなのでは？　そんなところにご厄介になる訳には。我々は馬車で寝泊まりできますので……」

「遠慮しなくていいよ。若い男一人なら誘わないけど奥さんが一緒だしね」

「いえ……ご面倒をおかけするのは申し訳ないので……水と飼い葉を少し分けて頂けたらそれで十分です」

ルカが固辞するのは、恐らく農家に泊まるよりも馬車で過ごすほうが、気兼ねなく魔道具が使えて快適に過ごせるからだ。

水は魔術で作れるのに、分けてくれるように依頼するのは怪しまれない為だろう。

「……お互い気を使い過ぎるも良くないか。朝晩の食事だけは差し入れさせておくれ」

「助かります」

ルカはジョーヌに頭を下げるとマイアに向き直った。

「積荷は俺が下ろすからリズは休んでていいよ。まだ気持ち悪いよね？」

「どうしたんだい？　体調が悪いのかい？」

「ただの馬車酔いです。少し休めば治ります」

マイアはジョーヌに苦笑いをしながら答えた。

「それはいけないね。ちょっとあんた、こっちに来て座りな」

ジョーヌは強引だった。マイアの手を引くと、強引に一段高くなっている板張りの床に座らせる。

「温かいものを何か用意してあげるよ。ここに座って休んでな」

ジョーヌはマイアにそう告げると、家の中へと消えていった。

◆
◆
◆

荷馬車には、糸だけでなく農村にて喜ばれる日用品や雑貨も積んでいる。それらの商談を終えると、ルカは荷馬車をジョーヌの家の裏手へと移動させた。

そこは一夜を過ごす場所としてジョーヌから提供された場所である。

パティは厩舎の空いている一角に入れさせてもらった。今頃分けてもらった飼い葉をもしゃもしゃと食べているに違いない。

「リズ、寝床の準備をしようか」

「うん」

と、いっても非力なマイアにできることは限られている。寝袋やクッション類の軽いものを出して寝場所を整える程度で、力仕事は全部ルカがやってくれた。

月が変わって更に昼が短くなっている。あとは着替えて寝るだけ、という状態になったときには、辺りは既に真っ暗になっていた。ジョーヌの家のほうからは食べ物のいい匂いが漂って来る。

馬車の中は照明の魔道具のお陰で明るい。

この旅のためにゲイルが持たせてくれた魔道具は、一見すると普通の道具のように作られている。照明の魔道具はオイルランプと遜色のない見た目で、炎の揺らぎや熱までが再現されていた。ゲイルは元々魔道具の研究者だったと自分で言っていた。この魔道具からは、優秀な技術者でもあることが窺える。

「さて、面倒だけど火を熾《お》こそうかな。村の人に変に思われたくない」

ルカは休む間もなく立ち上がると、ジョーヌから提供された薪を組んで焚火を熾こした。そして小さな鍋を使ってカモミールティーを淹れてくれる。茶葉はアルナがくれたものだ。

ジョーヌの家から若い女性が出てきたのは、温かい飲み物を口にし、ほっと一息ついたときである。女性はジョーヌの長男の妻だった。確か名前はラナと言ったはずだ。

ラナは手にトレイを持っていた。トレイの上には、湯気をたてる皿が載っている。

「食事を持ってきたよ」

人当たりのいいジョーヌと違ってラナは無愛想だ。むすっとした表情でこちらにトレイを差し出してきた。

「ありがとうございます」

マイアが動くよりも先にルカが動いてトレイをラナから受け取った。

「……家に泊まるのは断ったんだってね。そこは感謝してる。お義母さんは簡単に安請け合いするけど、そうなった場合あんたらの世話すんのは私だからさ」

嫁と姑間の確執を感じさせる発言である。

「ああ……前任者からなるべく迷惑をかけないようにと引継ぎを受けていましたので」

「今後もお願いね」

そう告げると、ラナは足早に去って行った。

「馬車のほうが快適に過ごせるから断ったのかと思ったけど……そんな引継ぎがあったのね」

ラナの姿が見えなくなってから尋ねると、ルカは苦笑いを浮かべた。

「それもあるけどね。……とりあえず食べようか」

トレイの上には、美味しそうな匂いのスープにパン、果物が二人分載っていた。

◆ ◆ ◆

家庭内の問題を見せつけられたのは複雑だったが、一つ目の村での取引が無事終わったのは大きな勉強になった。

夕食を終えたマイアは、ルカと一緒に食器を返しがてらパティの様子を見に行く。

厩舎を覗くと、パティは藁の中にうずくまって快適そうにくつろいでいた。

「パティ」

ルカが声をかけると、パティはムクリと起きあがりこちらへとやってきた。かと思うと、マイアの頭を狙ってくる。

ルカが咄嗟にマイアの腕を引き、パティの攻撃から守ってくれた。

「こら。駄目だろ」

ルカが注意すると、パティはしょんぼりとした表情で嘶《いなな》く。

「パティ、私の髪の毛はご飯じゃないのよ」

「甘えてるんだと思うけどね」

「本当かな……」

疑いながらもマイアはパティの頭に手を伸ばした。そして一撫でしてから魔力を流してやる。

魔力は体の外へと放出すると金色の光となって顕れるから、人に見られるとまずいことになる。ルカが周囲に気を配ってはくれているが、マイアも細心の注意を払い、さりげなく外套で手元を隠しながら魔力を送り込んだ。

「贅沢な馬だな。怪我した訳でもないのに治癒魔法を使ってもらえるなんて」

「馬車に戻ったらセシルにもね」

「たかが疲労回復に治癒魔法と思うと複雑だけど……ありがとう」

「それくらいしか私にはできないから」

マイアの発言を聞いたルカは、深々とため息をついた。

「リズは自分を卑下しすぎ」

そう言われても、マイアが今日ほとんど使い物にならなかったのは事実だ。馬車酔いからの回復を待っている間に、商談はルカがほとんど済ませてしまっていた。マイアは手形の処理を少し手伝っただけである。

反論しようと口を開きかけたら、ぶるる、とパティが嘶き、もっと魔力を寄越せと言わんばかりに頭を擦り付けてきた。

◆
◆
◆

糸はかさ張らないし軽いから大量に荷馬車に積み込めるので、この行商は本当によく考えられている。だけど馬車移動は頂けない。早朝、ルアンナ村を出立したはいいものの、一時間も経つと例によって気分が悪くなってきた。

「リズ、大丈夫？」

「あんまり大丈夫じゃないかも……薬湯はちゃんと飲んだんだけど……」

今日は酔うことを見越して、馬車の中はマイアがいつでも横になれるよう、毛布やクッションが出しっぱなしになっている。大きなクッションにぐったりともたれかかり、マイアは力なくルカに返事をした。

薬湯は、乗り物酔いに効くと言われている薬草を煎じたものだ。昨日のマイアの様子に同情したジョーヌが村を出るときに分けてくれたのだが、全く効いている気配がない。

「少し休もうか」

ルカの気遣わしげな視線がいたたまれない。ほどなくして馬車が停まった。

「ごめんね、こんなに荷馬車が揺れるなんて思わなかった……」

うぷ、と吐き気をこらえながらマイアは馬車を降りる。そして行儀悪く草むらに座り込んだ。すかさずルカが駆け寄ってきて背中をさすってくれる。

「戻しそう？」

「ううん、朝ごはんは控えめにしておいたからまだなんとか……」

酔うのを見越しての自己管理である。

「町の人が乗る荷馬車ってこんなにも揺れるのね……」

マイアがつぶやくと苦笑いが返ってきた。

「軍や上流階級の馬車とは残念ながら造りが違うね。それに道も悪いからなあ……ゲイルには魔道具の準備よりも荷馬車の改良をして貰うべきだった」

「ゲイルってそんなこともできるの？」

「馬車に揺れを抑える術式を組み込むくらいはできるんじゃないかな。器用だから」

「そう……」

器用の域を超えているような気がしたが、アストラの標準がわからないのでマイアは聞き流すことにした。

六章　旅路の出会い

大きな街道に入ったのは、ローウェルを出立してから三日が経過したお昼前だった。

キリクという比較的規模の大きな都市に向かう街道は、この国では動脈に例えられている。

例によって馬車に酔い、小休止を取ってもらったマイアは、街道脇の草むらに座り込み、街道を行き交う徒歩や馬車の人々をぼんやりと眺めていた。通行人の大部分が行商人だ。そしてちらほらと農夫や巡礼者の姿も見られる。

そのほとんどがこちらを一瞥もせずに通り過ぎる中、一台の馬車がマイアたちの近くで停まった。

そして、御者席に座る恰幅のいいおじさんがこちらに声をかけてくる。

「どうしたんだい？　何か馬車に問題でも起こった？」

おじさんは一〇歳前後の男の子を隣に乗せている。顔立ちがよく似ているので恐らく親子だ。明るい茶色の髪に青い瞳という色合いも同じである。身なりから想像するに、そこそこ裕福な商人に見えた。親子が乗る馬車は二頭立てで、造りも大きさもこちらのものよりもずっと立派だ。

「馬車は大丈夫です。でも妻が馬車に酔ってしまって」

返事をしたのはルカだった。

「それはいけないね。薬は飲んだ？」

「いえ……一昨日まではルフト草の薬湯を飲んではみたんですが効かなくて……昨日からは何も飲ま

せていないです」

受け答えをするのはルカだ。旅の途上で話しかけられたときは、基本的にルカが応対してくれることになっている。偽名で過ごすことに慣れていないマイアが失言しては困るのでその対策だ。

「ルフト草が駄目ならシナモンとオモダカの入った薬を試してみるといいよ。おい、カイル、酔い止めの薬があったろ。ちょっと取ってくれないか？」

おじさんは馬車の中に声をかけた。するとがさごそと音が聞こえ、下男らしい三〇絡みの男が薬らしい紙の包みを持って馬車から御者席に顔を出した。

「旦那様、これでいいですか？」

「ああ、ありがとう」

おじさんは包みを受け取ると馬車を降りてこちらにやってきた。そしてルカに手渡してくる。

「うちで扱ってる酔い止めの薬だ。よかったらどうぞ」

「頂いていいんですか？」

「運がいいなぁ、兄ちゃんと姉ちゃん。うちの薬はよく効くって評判なんだぞ」

得意げに声をかけてきたのは御者席の男の子だった。

「こらエミリオ！　すいません、生意気で……」

エミリオというのが男の子の名前らしい。

反抗期がそろそろ始まるお年頃なのだろう。孤児院時代を思い出し、マイアは心の中で顔をしかめた。

大人しい子供だったマイアは、生意気盛りの男の子たちにいじめやからかいの標的にされた。そのときの記憶があるせいで今でもこれくらいの年頃の少年は苦手だ。女の子や赤ちゃん、大人の男性は平気なので、精神的な後遺症なのだと思う。

「……実は宣伝も兼ねてるんですよ。私はこの先のキリクで兄と薬種問屋を営んでいるアンセル・ライウスと申します。もし気に入って頂けたら是非当ライウス商会にお立ち寄りを」

なるほど、薬を無料で渡すのは宣伝活動の一環だったらしい。

「ありがとうございます」

ルカがお礼を言うと、アンセルと名乗ったおじさんは首を振って人好きのする笑みを浮かべた。

「『偶然の出会いですら運命によって定められている』ということわざがありますからね。見たところご夫婦での旅行かな？」

「いや、仕入れを兼ねた行商です。糸を商っています」

「そうか、これから農村は冬の手仕事の時季か」

アンセルは糸の行商という言葉だけでピンと来たようだ。

「……なあ、兄ちゃんたち、次はどこに行くんだ？　キリクにも寄る？」

質問してきたのはエミリオ少年だった。

「そうだよ。その予定」

「じゃあうちに寄って行ってよ。旅の途中なら常備薬が必要だろ？」

返事をしたルカにエミリオが営業をかけてきた。なかなか商魂たくましい少年である。すかさずアンセルが「こら」と窘めるがどこ吹く風だ。

「息子さんですか？」

「ええ」

ルカが尋ねるとアンセルは頷いた。

「なかなか有望な後継ぎですね」

「嬉しいことに、今のところは継いでくれるつもりになってるみたいだね。だから仕入れに連れてきたんだけど、いつまでその気持ちが続くのやら」

そう言いながらもアンセルはまんざらでもなさそうだった。

「うちに寄ってくれたら嬉しいけど、それはさておいてもキリクはいい所だよ。温泉があるからね。見たところ新婚さんかな？　公営の貸切露天があるから借りるといいよ」

「本当ですか？　リズ、楽しみだね」

ルカの言葉にマイアはかっと頬を染める。

「そ、そうね……」

口ごもると、アンセルから生温い目が向けられた。

「初々しくていいね」

「妻は恥ずかしがり屋なんです。そこが可愛くて」

ルカに肩を抱かれ、マイアは固まった。演技だとわかっているのに一々反応する心臓が憎い。

「もうすぐテルルース様の祝祭だ。キリクでは夜に皆でシャボン玉《ソープバブル》を作って飛ばすんだよ。時間が許すなら見て行くといい。凄く綺麗だからね」

そういえばもうそんな時季なのだ。

大地母神テルースはこの大陸で広く信仰される農耕を司る女神である。

農作業が落ち着く一一月の二回目の安息日は、テルースの祝祭の日と定められていて、大陸全土で盛大な祭りが開催される。この祭りは、その年の実りに感謝し、翌年の豊穣を祈願するものだ。

仮装してどんちゃん騒ぎをするのが定番だが、大きな街では花火を上げたりランタンを川に流したりと集客のために様々な催しが開催される。

「ちょうどいい時季にキリクに寄ることになるんですね。ありがとうございます」

ルカがお礼を言うと、アンセルは目を細めて微笑んだ。

「さて、若い夫婦の邪魔をするのも野暮だしそろそろ行こうかな。じゃあね」

アンセルはそう告げると馬車へと戻って行った。

「兄ちゃんと姉ちゃん。またな！」

エミリオがぶんぶんと手を振ってくれる。

マイアもルカと一緒に一行に手を振り返した。

◆◆◆

ライウス商会の馬車が去って行くのを見送ってから、マイアはルカと一緒に荷馬車へと戻った。

その道すがらルカはため息をつく。

「まずいなぁ。テルースの祝祭のことをすっかり忘れてた。宿が取れるかな……」

祭りは全国的に行われるが、キリクは温泉で有名な保養地だ。周辺の町や村からの観光客で混み合っている可能性が高い。

「選ばなければ泊まる所はあると思うんだけど、馬と積荷が預けられるような宿は空きがないかもなあ……」

確かに積荷がある以上信頼のおける宿を探す必要がある。場末の怪しい宿には泊まれない。

「最悪素通りして次の街に進むことになる？」

「……そうだなあ……補給と公衆の温泉にだけ立ち寄ってって感じになるかも。ごめん、祭り見物に行きたいよね？」

「あまりに多すぎる人混みは苦手だからそっちは別に……シャボン玉《ソープバブル》を飛ばすのはちょっと見てみたいけど」

「街に夜滞在するとなると宿を取らないといけないから、祭りが見れるかどうかは宿次第になるかな」

夜が更けると大抵の街では門が閉ざされ、出入りができなくなる。

「私もすっかり忘れてたからそのときは仕方ないわ」

マイアはあえて明るくルカに微笑みかけた。

「……そうだ、もらった薬はどうする？　飲む？　ライウス商会の名前は聞いたことがあるから、たぶんそのまま飲んでも問題はないと思う」

「一応《浄化《ピユリフイケーシヨン》》の魔術をかけようかな」

「そうだね、用心に越したことはない」

マイアはルカから薬の包みを受け取ると、魔術筆《クイル》を使って《浄化《ピユリフイケーシヨン》》の魔術式を構築した。

その間にルカが魔術で水を用意してくれる。

もらった酔い止めの薬は丸薬になっていて飲みやすい。余談だがジョーヌに貰ったルフト草の薬湯はものすごく苦かった。

マイアが薬を飲むのを見届けると、ルカが話しかけてきた。

「寒いけど御者席に座ってみる？　風に当たったほうが酔いにくいかもしれない」

「確かにそうかも」

マイアは立ち上がると、ルカに続いて御者席へと移動した。

◆◆◆

外の空気を吸っているせいか薬が効いたのか、どちらかはわからないが、馬車に揺られて一時間が過ぎてもまだ気分が悪くなることはなかった。

本格的な冬に向かいつつあるので景色は殺風景だが、時折すれ違う旅人を見ているだけでも目新しくて面白い。

「リズは楽しそうに景色を見るね」

「こんな風にゆっくりした旅をするのは初めてだから」

思えば七歳で両親を亡くしてからは、常に何かに必死だった。

孤児院は環境に慣れるまでが大変で、慣れてからも日々割り当てられる仕事が沢山あって忙しない日々を過ごしていたし、魔力器官が急発達してからは聖女になる為の勉強に追われた。

聖女認定を受けてからも、施療院の仕事やら討伐への同行やらで何かと忙しく、今思えば気の休まる暇なんてなかったと思う。

「聖女よりも、そこそこ余裕のある平民のお家に生まれるほうが幸せだと思う。今までずっと忙しかったもの」

「ごめん、アストラに着いてしまったら、治療の仕事が色々と回されると思う……」

「新参者の私には『汚れ仕事』が回される？」

こんなことを聞いてしまったのは、ちょっと意地悪な気持ちになったからだ。

「汚れ仕事？」

ルカは眉をひそめた。

「イルダーナでは平民の聖女には面倒な患者が押し付けられるのよ。いやらしいことを言いながらお尻を触ろうとしてくる貴族の気持ち悪いおじさんとか、物忘れが進行した方とか……施療院の市民開放日でも、私には明らかに身なりの良くない人が回されるわ」

「身分差別が激しいイルダーナの連中がやりそうなことだ」

ルカは舌打ち交じりに吐き捨てた。

「アストラでリズがそういう扱いを受けることはたぶんないと思う。ナルセス・エナンドがリズに興味を示してるから」

「月晶糸とアストラシルクを作った人？」

「ああ。アストラでは研究者として有名な貴種《ステルラ》だ。ナルセスの影響力は馬鹿にできないから、たぶんリズに変な奴は近付けなくなると思う。ただ、本人がかなりの変人だけど……」

「そうなの……？」

「……天才となんとかは紙一重って言うだろ？　悪い人ではないんだけど……頭の螺子《ねじ》がちょっと飛んでるというかなんと言うか……」

ルカはそう言うと言葉を濁した。

「あんまり変な人だったら困る……魔術布を見せに行くことになってるんだけど……」

「うっかり研究の話を振ると、ものすごく嬉しそうに訳のわからない専門用語をまくし立てて熱く語ったり、実験のやり方が過激だったり……俺は死んだら解剖させてくれって言われたことがある……」

「それ、私も魔術塔《マギア・トゥルリス》で言われたことがあるわ」

「…………」

「倫理観が飛んでる方向の危ない人なのね。……できればナルセスさんに会いに行くときはセシルも一緒に来てくれると嬉しいな」

「それはもちろん。ナルセスがリズを見たときどんな反応をするかわからないからな……最初は二人きりにはならないほうがいいと思う」

あっさり了承してくれたので、マイアはほっと息をついた。

そのときだった。前のほうに見覚えのある荷馬車か見えて、マイアは口元をほころばせた。

「あれ、ライウス商会の馬車じゃない？　追いついちゃったのね」

「……そうだね」

どうしたんだろう。ルカの顔が険しい。

「血の匂いがする」

「え……」

「あの馬車の荷台の方から腥《なまぐさ》い匂いが漂ってくる」

マイアには全く感じ取れない。ルカの身体強化魔術には、五感を鋭敏にする効果も備わっているのだろうか。

戸惑いつつルカの横顔を見つめると、手綱を手渡された。

「ちょっとだけ代わって」

「ええっ!?　私馬の操作なんて……」

「大丈夫。パティは賢いからちゃんと歩いてくれる。そうだろ？」

ルカが話しかけると、パティはこちらを振り向いてぶるる、と小さく嘶いた。

まるで会話しているみたいだ。ルカの言うことだからきっと素直に聞くんだろうけど。

マイアが手綱を預かると、ルカは周囲に人がいないことを確認してから魔術筆《クイル》を取り出した。

空中に構築し始めた魔術式は《生命探知《センス・ライフ》》の魔術だ。これは人、魔蟲、動物など、探知範囲にいる生き物の気配を探る魔術である。

「御者席に二人、馬車の中に二人、でも馬車の中の魔力の気配がどちらも弱い。特に二人のうちの一人はたぶん瀕死だ」

一体何があったんだろう。マイアは眉をひそめながら手綱をルカに返した。

「……面倒ごとの予感がする」

ルカは手綱を引くと、パティの歩行速度を落とした。

「関わらないほうがいいと思うんだけどどうする？」

「私もそう思う。冷たいかもしれないけど……」

今はこちらも後ろ暗い身だ。厄介ごとに自分から首を突っ込むべきではない。

「同じ意見で良かったよ。身分詐称中だからね」

ルカはそう言って小さく息をついた。

しかし、事は残念ながらそう簡単には終わらなかったのである。

◆　◆　◆

日が落ちる頃になると、街道の人通りはぱたりと途絶える。これは闇の中の移動は危険なので、旅人たちは野営や『旅人の家』へと移動するためだ。

『旅人の家』というのは、交易商人によって整備された無人の宿泊施設だ。この大陸の主要な街道には一定の間隔で設置されている。

雨風を避けて眠る程度のことしかできないが旅人たちには重宝されている。しかし治安が悪い地域では、野盗のアジトになっている場合もあるので注意が必要だ。

なお、マイアたちは、基本的には馬車の中で野営するつもりだった。

『旅人の家』では見知らぬ他人がいたら一緒に眠ることになる。知らない人と同じ屋根の下で過ごすのは純粋に嫌だし、魔術や魔道具が自由に使えない。二人とも魔力保持者であることを考えると、馬車で過ごす方が絶対に快適だ。

「そろそろ休む準備をしようか」

ルカはパティを操作して馬車を街道の外の草むらへと移動させた。街道は伝令の早馬が夜を徹して走ることがあるので、空けておくのが暗黙の了解になっている。

街道の右側は森に、左側は荒野になっていて、馬車が移動したのは森側だった。

ルカはパティを手近にある木に繋ぎに行った。

マイアは馬車の中の木箱からパティのために人参を出してやる。

馬車の旅のいいところは、野菜や果物を持ち運べることだ。気候的にも今は傷みにくい時季である。日持ちのする根菜を中心に、魔道具の助けも借りて色々な食材を詰めて来たので、この旅ではフェルン樹海を抜けたときよりも充実した食生活が約束されている。

マイアはカッティングボードとナイフを取り出すと、人参を食べさせやすいように縦に長く切ってやった。

しかし、パティのところに向かおうとマイアが馬車から顔を出したとき、異変が起こった。

背後の森の中から何かが飛来し、ルカの左肩に吸い込まれていったのである。

「っ……」

微かなうめき声と共にルカの体がよろめく。その姿にマイアは目を見張る。

夕暮時の赤い日差しに照らされて、ルカの肩から矢が生えているのが見えた。

ひくりと喉が変な音を立てた。手の中からパティのために準備した人参のスティックが滑り落ちて地面に散らばる。

「馬車に戻れ！」

ルカの厳しい声が飛ぶが、体が動かない。

ルカは舌打ちすると、純粋な魔力を放出し、盾のような形に展開した。

盾の形成と次の矢の飛来は同時だった。

キィン！　という乾いた音がして、壁に弾かれた矢が地面に落ちる。

その音に驚いたのか、パティはその場で大きく棹立ちし嘶いた。

「落ち着けパティ。ちゃんと守るから」

盾を維持しつつ、ルカはパティの体を撫でた。

するとぶるる、と鳴いて、パティは地面を蹄で掻いた。

「よし、いい子だ」

宥める間にも森の中からは断続的に矢が飛んでくる。ルカはパティが落ち着いたのを確認してから、こちらに向き直った。

「リズ、ちゃんとした魔術の壁を作るから、森のときみたいに術式が完成したら魔力を流して欲しい」

マイアは頷くのがやっとだった。

ルカは魔力の盾を維持しながら魔術筆《クイル》で魔術式の構築を始めた。

マイアは自分を叱咤して足を動かし、ルカの近くへと移動する。

術式で作られた防壁ではなく、純粋な魔力の放出で攻撃を防ぐのは、燃費が悪く体にも負担がかかるはずだ。

ルカによって《防御障壁《プロテクション》》の魔術式が構築された。マイアは術式に触れると魔力を流し、魔術の壁を顕現させる。

「元を断ってくる。リズはこのまま《防御障壁《プロテクション》》の維持を」

魔術の発動を確認してからルカは魔力の放出をやめ、腰の剣を抜いた。

そして次の瞬間には地面を蹴り、一瞬でマイアの目の前から消える。

（えっ……）

断続的に飛んでくる矢を剣で叩き落としながら、異様な速さで走って行くルカの姿にマイアはポカ

ンと目と口を開けた。

瞬く間にルカの姿は森の中に消える。

（本気の身体強化魔術……？　でも……）

肩に矢が刺さりっ放しだ。

そんな状態で動いて大丈夫なのだろうか。痛くないのだろうか。

ルカが心配で青ざめたマイアの気持ちを察したのか、ぶるん、と小さく嘶いてパティが鼻面を寄せてきた。

馬特有の匂いがした。決していい匂いではないが、ここまでマイアを連れてきてくれたパティの匂いだと思うと少しだけほっとする。

ぼんやりしているといつも髪を食《は》もうと狙ってくるくせに、今はただ寄り添うだけだ。そんなパティの態度に本当に賢い生き物なのだと実感する。

矢はいつの間にか飛んでこなくなったが、なんとなく怖くて魔術の壁は消せなかった。マイアは《防御障壁《プロテクション》》の魔術を維持したまま、パティの鼻面を撫でた。

少しごわついた毛の感触とぬくもりに緊張が少しずつ解《ほぐ》れていく。

そのときだった。森の奥から鳩が飛んできた。

鳩はパティを繋いだ木に留まると、ルカの声で喋りだした。

「リズ、《防御障壁《プロテクション》》はもう解除していい。このまま真っ直ぐ森の奥まで来て欲しい」

ルカの通信魔術だ。

「パティ、待っててね」

マイアはパティに声を掛けてから、術式への魔力供給を止め、ルカが走り去って行った方角へと向かう。

木々の合間を走ると、土の匂いに混じって鉄錆びた匂いがした。

——血の匂いだ。

討伐遠征への同行時にさんざん嗅いだからすぐにわかった。

きっとこの先には恐ろしい光景が待っている。そんな予感に震える。

そして、その予想はあやまたず、更に先に進んだマイアの目の前に飛び込んできたのは、どこか見覚えのある立派な荷馬車と、その手前に折り重なるように倒れる二人の男の姿だった。

一人は傭兵風の武装した男。左手に弓を持っているから、きっとこいつがマイアたちを狙った射手だ。男の右手の肘から下は失われ、傷口から大量の血液が滴り落ちている。

切り飛ばされたと思われる手は、男のすぐ側に、矢を手にした状態でごろりと転がっていた。

もう一人は右肩と左の太ももを刺し貫かれたようで、丸くなって倒れ込んでいた。この男には見覚えがある。酔い止めの薬をくれたライウス商会の馬車に乗っていた下男だ。

下男は辛うじて意識があるが、傭兵のほうはピクリとも動かない。

「リズ、こっち」

馬車の中からルカが声をかけてきた。

マイアはルカのほうへと向かう。

「表の二人はセシルがやったの……？」

「ああ。ちょっとやりすぎたかと思ったけど、もう少し痛めつけても良かったかもしれない」

ルカの冷たい顔にマイアは青ざめた。

だけど怖いと思ったその気持ちは、馬車の中に倒れ伏す二人の人物の姿に一瞬で霧散する。

「エミリオ……君……？」

二人はアンセル・ライウスとその息子のエミリオだった。二人とも顔が無惨に腫れ上がっていて、明らかに暴行を受けた形跡がある。

「ねえ、ちゃん……？」

ひゅうひゅうと荒い息をつきながらエミリオがつぶやいた。

「表の二人に殴る蹴るの暴行を受けたらしい。下男と傭兵が共謀して積荷を奪おうとしたみたいだ」

「もともと、しりあい、だったみたいで……」

ゲホッとエミリオが咳き込んだ。その拍子に唇から血が漏れた。内臓が損傷しているのかもしれない。

「エミリオ君、喋っちゃ駄目だ。もう大丈夫だから」

「うん……」

ルカに向かって弱々しく頷くと、エミリオはすうっと意識を失った。

「……アストラに無事たどり着くことだけを考えたら関わるべきじゃない。でも……」

「助けたいと思ったから私を呼んだのよね？　治癒魔法を使ってもいい？」

マイアはルカに尋ねた。

「完治させてしまうと怪しまれると思う。だから……」

ルカは手加減しろと言いたいのだろう。

「内臓の損傷だけを癒すようにしてみる」

見たところ、エミリオよりアンセルの方が怪我の程度が深刻だ。

あまりにも状態が悪いとマイアの治癒魔法では癒しきれない。間に合うことを祈るしかない。

「セシル、上半身だけでいいから二人の服を脱がすのを手伝って。どんな状態なのか診たい。先にアンセルさんを診るからエミリオ君の体は服を脱がせたら毛布か何かで保温しておいて」

「わかった。他に手伝えることは？」

「積荷の中に打撲に使えそうな薬がないか探して」

マイアはアンセルに駆け寄った。

アンセルの周囲にはロープの残骸が散らばっており、手首や足首には赤い紐状の跡がある。

「もしかして縛られてたの？」

「ああ。とりあえずロープだけは切った」

（なんて酷いことを……）

酷いのはライウス商会の馬車に追いついたときの自分たちの対応もだ。きっとあのときからアンセルとエミリオには異変が起こっていたに違いない。

面倒に巻き込まれたくないから接触しないことを選んだ。自分たちにも事情はあったとはいえ、罪悪感が湧き上がる。

エミリオの服を脱がすのはルカに任せて、マイアはアンセルの服の釦《ボタン》に手をかけた。

(酷い……)

あらわになった素肌は、至るところがどす黒く腫れ上がっている。

「下男が今までの鬱憤を晴らすように手酷くやったらしい」

「子供にまで手を出すなんて」

なんて屑なんだろう。

マイアは心の中で憤りながらもアンセルの胸元に手を当てると魔力を流し込んだ。

魔力を届ける先は体内の臓器。この状態だと恐らく損傷している。

……良かった。手応えがある。

手遅れの場合は魔力が通らないからすぐにわかる。ちゃんと魔力が通るということは、この人は助かる。しかし治しすぎないようにしなければいけないのが心苦しい。

ひとまず命を繋ぐ治療は、戦争の最前線や災害時など、怪我人が多すぎるときにだけなされる処置だ。

(ごめんなさい)

心の中でアンセルに謝る。

こんな旅の序盤でマイアが聖女だと誰かに知られる訳にはいかない。だから仕方ないのだと自分に言い聞かせた。

◆　◆　◆

アンセルの体の痣が薄くなってきたのを見計らって治療を止め、マイアはエミリオの傍に移動した。

既にルカが服を脱がせてくれていて、エミリオの体は毛布にくるまれている。

馬車の中が急に明るくなる。ルカがオイルランプを発見したらしく、そこに火を灯したのだ。

最近は日が落ちるとすぐに暗くなり気温が下がる。既に辺りはかなり薄暗くなっていた。

「打撲に効果がある貼り薬を見つけたからアンセルさんのほうは手当しておく」

「うん」

マイアは頷くとエミリオに向き直った。

アンセルほどではないがエミリオの体も酷い。あちこちに鬱血や縛られた痕があるのを目にしたマイアは怒りに震えた。

こんなに細く小さな子供に暴力を振るうなんて信じられない。

これは、一〇歳前後の男の子に対する苦手意識とはまた別次元に存在する感情だ。

アンセルと同じ理由で全部は治してあげられない。心苦しかったがマイアは途中で魔力を流すのをやめた。

（ごめんね）

心の中で謝って、エミリオの体に貼り薬を貼ってやろうと思い周囲を見回すと、馬車の中にルカの姿がないことに気付いた。

どこに行ったのだろう。

（まさかとどめを刺しに……？）

確かめに行きたい衝動に駆られたが、今はエミリオの治療が先だ。

マイアはアンセルの側に置かれていた貼り薬を手に取ると、エミリオの体に貼ってやり、服を元に戻してから体に毛布をかけてやった。

ルカが馬車に戻ってきたのはそのときである。

「セシル……何をしに行ってたの……？」

「一応外の連中の止血と馬の様子を見に。馬なんだけど一頭しか見当たらない。もしかしたら逃げたのかもしれない」

確かライウス商会の馬車は二頭立てだったはずだ。

「二人の治療は終わった？」

ルカに尋ねられてマイアは小さく頷いた。

「完治はさせてない。二人とも体の表面の痣がちょっと薄くなり始めたあたりで治療をやめたから、たぶん意識を取り戻しても疑われることはないと思う」

「ありがとうリズ。本当は見捨てるべきかと思ったけど、子供が暴行を、と思ったら我慢できなかった」

マイアは首を振った。

一番にエミリオとアンセルを見つけたのがマイアだったとしても、きっと同じことをしたと思う。

「この二人は俺たちの馬車に運ぼうと思うんだけどいいかな？　外の連中の治療をする必要はないと思うんだけど、さすがに今の季節外に置いておいたら凍死する。かと言ってこっちの命を狙ってきた奴らと一緒に過ごすのはちょっとね……」

マイアもルカと同じ意見だった。聖女として相応しくない考え方だと言われるかもしれないが、自分を攻撃してきた人間に慈悲を与えるつもりにはなれない。

「……それでいいよ。私もあの人たちと同じ空間で過ごしたくない」

そう発言したところで、マイアはルカの左肩に矢が刺さったことを思い出した。

「セシル！　肩は大丈夫なの!?　矢が刺さってたよね……？」

マイアは慌ててルカの背中側に回った。

矢は既に自分で抜いたらしくなくなっているが、服には穴が空き、その周辺が赤く染まっている。

「見せて！」

マイアはルカの服に手をかけた。

「……動かすと痛いんだ。手伝って貰ってもいい？」

マイアは頷くと、ルカの服を細心の注意を払って脱がせた。そして左肩だけを露出させる。

血は既に止まっているように見える。止血の処置なんてされていないのに。

「矢は自分で抜いたの？」

「うん、邪魔だったから」

「馬鹿！　不用意に抜いたらダメじゃない！　血が流れすぎたら人間は死ぬのよ⁉」

「身体強化魔術の応用で血は止めたから大丈夫だよ」

「そんなことができるの……？」

「うん。少々の怪我でも戦い続けられるようにね」

本人がそう言うのならきっと大丈夫なのだろうけど、なんだか釈然としない。

マイアはルカの背中側に回ると、念のために《浄化《ピュリフィケーション》》の魔術をかけてから傷口に手を当てて魔力を流した。エミリオたちと違ってしっかりと治しきる。

「どう？」

「……治ったと思う。ありがとう」

ルカは肩を動かして問題がないかを確認する動作をした。

「じゃあ二人を運ぼうか。最低でも二往復はするからリズはランプを持ってくれる？」

「わかったわ」

アンセルはかなり横幅のあるおじさんだが大丈夫だろうか。

マイアの不安をよそに、ルカは軽々とアンセルを肩の上に担ぎ上げた。

マイアは慌ててオイルランプを手にすると、ルカに先んじて馬車を降りた。

◆　◆　◆

どうしてこんなことになったのだろう。

霞む意識の中、カイルは自分のこれまでの行いを思い返した。

粉を扱う商家の次男に生まれたカイルは、常に兄と比較され続けてきた。

家は長男が継ぐことが決まっており、両親はできのいい兄ばかりをもてはやす。そのうちに兄が妻を貰い、同居することになって家の中に居場所がなくなって――一〇代半ばの難しい年代だったこともあり、カイルは荒れた。

悪い仲間とつるむようになったカイルに両親は激怒し、無理矢理カイルを遠縁のライウス商会に奉公に出した。

昨年亡くなったライウス商会の先代は厳しく恐ろしい男で、カイルの性根を叩き直すと宣言し、時に体罰を混じえてカイルを商会の徒弟《とてい》としてこき使った。カイルは早々に抵抗は無意味だと悟り、真面目にライウス商会で働くようになった。

先代が亡くなると、ライウス商会は先代の二人の息子が継いだ。

兄のロイドが商会長としてキリクの店舗を切り盛りし、弟のアンセルは仕入れ担当としてあちこちを飛び回る。このやり方で商会は代替わりを成功させた。正直カイルには予想外で面白くなかった。

兄弟は他人の始まりだ。自分と兄のように没交渉の兄弟もいるというのに。

だが、商会の連中に見る目がないことは少し楽しかった。何しろこんなひねくれた考え方を持つカイルを信頼し、アンセルの仕入れに同行する仕事を任せるのだから。

そして今回の旅でカイルは出会ってしまった。護衛として雇った傭兵の男、リバー・グロウンに。

リバーは、荒れていたときのカイルが付き合っていた不良少年の徒党《チーム》のリーダーだった。

リバーはカイルがかつての仲間だということに気付くと、言葉巧みに積荷を奪う計画を持ちかけてきた。いまだにリバーは後ろ暗い連中と付き合いがあり、そんな彼にとって、ライウス商会の積荷は非常に魅力的だったようだ。

薬はギルドや国の締め付けが厳しく、裏の市場でかなりいい値段で取引されている。

リバーの口説き文句や提示された成功報酬は非常に魅力的で、気がついたらカイルは首を縦に振っていた。

今思えばリバーの提案に惹き付けられたのは、先代の厳しい指導や、自分の実家と違って仲良く店を経営するライウス兄弟の姿に不満や鬱屈が溜まっていたせいなのではないかと思う。

太った中年と子供を制圧するのは簡単だった。

子供を人質に取っただけでアンセルはあっさりとこちらに屈したので、カイルはこれまでの鬱憤を思う存分二人にぶつけた。

ただ一つ気がかりだったのは、道中のアンセルのお節介だ。

馬車酔いで休憩していた夫婦の行商人にアンセルが商品を渡したりするから、二人にカイルの顔が見られてしまったではないか。

夫婦を片付けようと言い出したのはリバーだ。まずは男を始末して、女はいたぶって楽しんでから殺す。

しかしそんな邪な考えを抱いたのは結果的に間違いだった。

ただの細身の優男と思っていた夫が、あんな手練だったとは予想外だった。

リバーの矢をかいくぐり、目の前に突如現れた奴の動きは、まるで疾風のようで人間技とはとても思えなかった。

何が起こったのか理解できないうちに、リバーは利き腕を切り落とされ、こちらも右肩と左太ももを刺し貫かれ、あっという間にとても動ける状態ではなくなった。

カイルの体に細身の剣を突き立てたときの男の目が忘れられない。

エメラルドのような緑の瞳は硝子玉みたいでなんの感情も浮かんでいなかった。

本能的に理解した。こいつは関わりあいになってはいけない人種だ。

しばらくして夫婦の妻のほうが現れたが、妻はこちらを素通りして、夫に迎えられるままに馬車へと向かった。きっとアンセルたちの手当をしているのだろう。

ややあって、夫がこちらにやってきた。

とどめを刺しに来たのかと思いきや、止血処置をされて驚いた。

「たすけて……くれるのか……?」

カイルの質問に青年は冷笑を浮かべた。

「まさか。妻の手前、一応の応急処置をするだけだ。運良く誰かが来るまで生き延びられることを祈っててやるよ」

待ってくれ、と言いたかったが声が出なかった。あまりにも青年の顔が冷たくて。

こんなところに放置されたら確実に死んでしまう。

凍死するか、血の匂いに惹かれてやってきた獣に食い殺されるか、はたまた失血死が先か。

ああ、駄目だ。血を流しすぎたのか、段々意識が遠のいてきた。

リバーの口車になんて乗らなければよかった。

その思考を最後に、カイルの意識は闇に飲み込まれた。

◆ ◆ ◆

アンセルとエミリオをこちらの馬車に移す頃には、かなりいい時間になっていた。

アンセルの横幅が広いから、ただでさえ狭い荷馬車の中はいっぱいだ。木箱を組み替えて工夫をしてもとても四人も眠れる状態ではない。そのためルカは天幕を張ってそちらで眠ることになった。何かあったときのために持参していたのが役に立った。

火を使って料理をする気力はお互い残っていなかったので、夜はすぐに食べられるビスケット状の携帯食料で済ませた。口の中の水分を吸い取られる奴だ。

犯罪者二人はルカの手で、森の奥にあるライウス商会の馬車の中に運び込まれた。

彼らが獣や魔蟲に襲われたら寝覚めが悪いということで、結界を張ってやったとは、なんだかんだでルカは優しい。

いや、お人好しと言えば自分もか。

結局マイアも気絶していた二人に少しだけ治癒の魔力を注いでやった。

でも決して彼らに同情した訳ではない。

正当防衛とはいえ、目の前でルカが人殺しになるのが嫌だったのと、罪は司法の手で裁かれるべきだと思ったからだ。

ここからライウス商会があるキリクまでは馬車で半日ほどの距離なので、恐らく二人とも衛兵がやってくるまでは生き延びるのではないかと思う。

食事をして魔術で体を清めたら、ルカは早々に天幕に引っ込んでしまった。

マイアも酷く疲れていたので、エミリオの隣に滑り込む。

馬車の中はルカが木箱を組み替えて、少し広めのベッドを一つ作ってくれた。ベッドはエミリオとマイアが使う。

恰幅のいいアンセルは申し訳ないが床だ。彼をベッドに乗せたら木箱が壊れるかもしれないので仕方がない。

アンセルもエミリオも、昏々《こんこん》と眠り続けている。途中で治療魔術をやめたから、その顔は赤黒く腫れ上がっていて痛々しい。

馬車の中はルカの魔術で守られているから安全だ。

マイアは怪我人二人の寝顔を念の為に確認してからオイルランプを消して眠りについた。

◆　◆　◆

鈍い痛みに目を覚ましたエミリオは、視界に入ってきた可愛らしい女性の寝顔に天国に来たのかと思った。

一体何がどうなっているんだろう。商会の徒弟のカイルと護衛のリバーから殴る蹴るの暴行を受けて、殺されると思ったのが直前の記憶だ。

意識を失う前に、昼前に出会った行商人の若い男を見たような気がする。

と、思い返したところで、目の前にいる女性が、その行商人の妻だということに気付く。

派手な見た目に似合わず、夫の陰に隠れた控えめな姿と、貸切温泉の話をアンセルから聞いて、頬を赤く染めて恥ずかしがっていた顔が印象に残っている。

化粧を落とし、眠っているせいか目の前にいる女性は昼間見たときよりもずっとあどけなく見えた。甘くていい匂いがすることにエミリオは頬を染める。この香りは間違いなく目の前にいるお姉さんの匂いだ。

母親を早くに亡くしたエミリオは大人の女性への免疫がない。至近距離にある若い女性の顔に、なんだか恥ずかしくて身をよじったら、全身に痛みが走った。

「う……」

たまりかねて呻くと、パチリと女性の目が開く。

女性はがばりと身を起こすと、エミリオに詰め寄ってきた。

「気が付いたのね？　気分は？　体調はどう？」

「全身が痛い……」

口の中も切れているようで返事をすると酷く痛んだ。

顔をしかめつつもどうにか答えると、女性は悲しそうに眉を寄せる。

「そうよね……たくさん酷いことをされたものね……」

「父さんは……？」

アンセルのことをすっかり忘れていた。慌てて声をかけると女性はエミリオの向こう側を指さした。

「大丈夫よ。セシルが助けたの。エミリオ君の向こう側で寝かせてるよ」

痛む体を叱咤してどうにか寝返りを打つと、馬車の床の上で横たわるアンセルの姿が見えた。

パンパンに顔が腫れ、とんでもない状態になっているがちゃんと息をしている。生きている。エミリオは安堵のため息をついた。

「姉ちゃんたちが助けてくれたの？」

「そうだよ。手当をしたのは私だけど、悪者をやっつけたのはセシルっていう……えっと、その、私の旦那様なの……」

かあっと頬を染めて答える姿に、新婚なんだろうなとなんとなく察した。

「あいつらはどうなった……？」

「セシルが動けない状態にしてあなたたちの商会の馬車に入れてきたみたい。キリクまで二人を送っていく予定だから、通報して捕まえてもらうつもり」

その言葉にエミリオはほっとした。

自分も父も助かったし、犯罪者二人はやっつけられたのだ。

何発も殴られたときは神様なんていないと呪ったが、街に帰ったら神殿に参拝して謝らなければいけない。神様は正しい者を助けてくれた。

「ここは……？」

見たところ幌馬車の中だ。

今が朝なのか昼なのかわからないけれど、幌ごしに明るい光が差し込んできている。

「私たちの馬車よ」

木箱をうまく並べて広めのベッドを作ったようだ。

エミリオの下に敷かれたシーツの下には綿が入っているようでふわふわしていた。女性の身なりも悪くないから、経済状態は悪くなさそうだ。

……と思ったところで無意識のうちに値踏みしていた自分に気付く。

「リズ、起きた？」

カーテン状になっていた馬車の後ろ側の布が外から開けられ、見覚えのある青年が顔を出した。

彼が女性の夫のセシルだろう。彼の発言からすると、女性の名前はリズと言うらしい。

リズとセシル。エミリオは恩人の顔と名前を心の中に刻み込んだ。

「エミリオ君も起きたのか。良かった。体調は？」

「全身打撲の跡だらけだから相当痛いと思う」

エミリオに代わって答えたのはリズだった。

「そりゃそうだよな。腹具合は？　何か食べられそう？」

お腹も空いているし喉も渇いている。だけど口の中が痛い。

「できれば柔らかいものがあるなら……口が痛くて」

「麦の粥ならどうかな？」

尋ねられてエミリオはこくりと頷いた。

「呼び捨てでいいよ……セシル兄ちゃん」

おずおずと話しかけてみると、セシルは人好きのする笑みを浮かべた。

「そっか、じゃあエミリオって呼ばせてもらう。飯ができたら持ってくるからゆっくり休むんだぞ」

そう告げると、セシルは馬車から離れて行った。外で煮炊きをするつもりなのだろう。

「エミリオ君、一人でも大丈夫かな？　私もセシルを手伝ってくるね」

いつの間にやらリズは外套を着込み、髪を頭頂部でまとめあげていた。

エミリオが頷くと、こちらに向かって微笑んでからリズは馬車を出ていく。

◆　◆　◆

一人になってからほどなくして、食べ物のいい匂いが馬車の外から漂ってきた。

こんなときなのにお腹がきゅる、と空腹を訴えて鳴く。生きていることを改めて実感し、エミリオは深く息をついた。

微かな物音に目を覚ますとリズが馬車に入って来るところだった。

エミリオは朝食を摂った後眠ってしまったことを思い出す。

お腹が満たされると体が休息を欲しがっているのかまた眠くなり、横になっているうちに意識が飛んでいたようである。

戻ってきたリズは、内側に鏡の付いたメイクボックスを取り出すと身支度を始めた。

頭の後ろ側で丸くまとめていた髪の毛を解くと、真っ直ぐだった艶やかな茶色の髪がくるくるとカールしていた。

渦巻く髪を手櫛で整え、軽く編み込んでまとめると、次は化粧に取りかかる。

こんな風に大人の女の人が支度を整える姿を間近で見るのは初めてだ。

白粉をはたき紅を引くと、それだけでどこかあどけない顔立ちが大人の女性のものに変わっていく。

その姿にエミリオは思わず見とれた。

するとその視線を感じたのか、リズがこちらを振り返った。

「ごめんね。もしかして起こしちゃった?」

「元々寝てない。目ぇつぶってただけだし……」

受け答えがぶっきらぼうになったのは、じっと見ていたのに気付かれたのが気まずかったせいである。

「リズ、アンセルさんの意識は戻った?」

そんな言葉と共に馬車の中にセシルが顔を出したので少しだけほっとした。

「まだずっと眠り続けてる」

「そっか……起きるまで待ってる訳にもいかないからそろそろ馬車を出そうと思うんだけど……エミリオは起きてる？」

「起きてるわ」

リズが返事をすると、セシルは馬車の中に入ってきて、エミリオの傍に視線を合わせるように座った。

「出発の前に一応色々説明しておこうと思うんだけどいいかな？　本当はお父さんにも伝えたいけどまだ意識が戻らないから、一足先に君に伝える」

「わかった」

エミリオが返事をすると、セシルは満足気に頷いた。

「カイルとリバーだっけ？　君たちを痛めつけた不届き者については、簡単には動けない状態にして君たちの馬車の中に放り込んでおいた。それは君が目を覚ましたときにも伝えたと思うんだけど」

「うん」

「本当はそちらの商会の馬車も一緒にキリクに持って行ってあげたいっていう気持ちはあるんだ。でも残念なことに、俺たちが君たちの馬車を発見したときには、二頭いた馬のうち一頭が行方不明になっていた。そもそも俺たちがそちらの馬車を見つけたのは、カイルとリバーの二人がこちらに襲いかかって来たからなんだけど」

「……口封じのためだと思う。男を先に始末して、女は後からゆっくり楽しんでからってあいつら言ってた」

もしかして余計なことを言っただろうか。セシルの雰囲気が剣呑なものに変わった。エミリオにもなんとなく男たちの邪な意図はわかる。きっとリズにいやらしいことをするつもりだったに違いない。

「手加減なんてせずにもっと痛めつけておけばよかった」

ぼそりとつぶやいたセシルの顔は真顔だった。

「……馬はどっちが逃げたの？　白いほう？　それとも鼻面に斑点がある方？」

「残ってたのは斑点がある方だった」

なら逃げたのはブランだ。

逃げた先で無事でいてくれればいいが、獰猛な肉食獣に襲われていないか心配だ。

エミリオが顔を曇らせると、セシルは申し訳なさそうな顔をした。

「ごめん、もしかしたら、あいつらをやっつけたときの物音に驚いて逃げたのかもしれない。馬が落ち着きなく暴れてたような気がするんだ」

「セシル兄ちゃんのせいじゃないよ。きっと父さんもそう言うと思う」

「そう言ってもらえるとちょっと気持ちが楽になるけど……問題はそれだけじゃないんだ。すごく言い難いんだけど、そっちの馬車は二頭立てだろ？　正直残った一頭だけでキリクまで向かうのは難しいと思う」

セシルの言葉は実にもっともだった。

ライウス商会の馬車は二頭の馬で引くことを前提に作られている。残ったスポッティだけでキリクまで向かうのは、物理的にかなり厳しいだろう。

「こちらも心苦しいんだけど、犯罪者たちと一緒にそちらの馬車に関しては置いていくしかない。残されていた馬はこっちの馬車に繋いで一緒に連れていく。……それと、一応そっちの馬車の中を確認して、君たち親子の旅券が入った鞄は発見したんだけど、これ以外に絶対に持って行かなきゃっていう貴重品はあるかな？」

そう言ってセシルが見せてきたのは、アンセルが肌身離さずいつも持っている肩掛けの鞄だった。

「馬車の中に金庫があるはずだけど……今はお金よりも街に向かうほうが先だと思うからいいよ。なるべく早く街に戻って、父さんを医者に見せて欲しい」

死んでしまったらなんにもならない。

いまだに意識を取り戻さないアンセルが助かるかは別としても、できるだけ急いで欲しかった。

「わかった。じゃあすぐにでも出発しよう。なるべく急ぐから」

セシルはエミリオの頭を軽く撫でるとリズに向き直った。

「リズはどうする？　御者席に行く？」

「ううん、二人が心配だからこっちについてる」

「わかった」

セシルは頷くと御者席へと移動した。

「辛かったら言ってね。眠っててもいいから」

「うん」

体中が痛くて正直何をしていても辛い。

揺れる馬車移動に耐えられるかは不安だったが、それ以上になるべく早くキリクに戻りたかった。

◆　◆　◆

なかなか目覚めなかったアンセルの意識が回復したのは、太陽が天頂に届こうかというときだった。

もう少し治癒魔法を使うべきだっただろうかと、やきもきしていたマイアはほっと一安心する。

アンセルはエミリオの無事を確認すると、安心したのが再び意識を失うように眠りについてしまった。

エミリオは浅い眠りと覚醒を繰り返しているのだが、起きているときは馬車の振動がかなり堪《こた》えるみたいで辛そうだ。

痛みに苦しむ怪我人を見るのは心が痛む。

マイアには治す手段があるのに、保身を考えると使ってはあげられないのだ。

(ごめんなさい)

マイアは心の中で謝りながら、揺れる馬車の中でぐったりと座り込んだ。

ライウス商会の親子が心配で気を張っていた間はなんともなかったのに、アンセルの目が覚めて安心したのがいけなかったらしく、急に気持ち悪くなってきた。

「リズ姉ちゃん、大丈夫か……?」

自分も辛いはずのエミリオに心配されてしまった。

「私のはただの乗り物酔いだから」

怪我人に心配され、マイアは力のない笑みを浮かべた。

◆　◆　◆

新しく来た聖女を名乗るあの女は、聖女などではなく魔女か妖魔の類に違いない。

早朝、アベル王子の天幕から出てくるティアラ・トリンガムの姿を目撃し、ジェイルの心には恐怖と苦いものが入り交じった感情が湧き上がった。

ジェイルは軍属の宮廷魔術師である。生まれつきの高い魔力と結界魔術の展開能力を買われ、三年前からこの陸軍第一部隊に出向していた。

月が変わり、この部隊は二つ目のホットスポットであるヴィアナ火山へと移動していた。

ベースキャンプは毎年だいたい同じ場所に張られる。ジェイルは第一に所属するもう一人の宮廷魔術師、リアラと一緒に、このベースキャンプを護る結界の維持管理を担当していた。

思えばティアラはこの討伐遠征に参加してきたときから異質だった。

遠征の最中に割り込むように現れたのも異質なら、欠損を癒す治癒能力も異質だ。

魔力器官が二次性徴の頃に急発達するという事例自体は有り得ない話ではない。極めて稀だが、自然に急発達する場合と命の危機に瀕して急発達する場合と二つの事例が報告されている。

マイアが前者ならティァアラは後者に当たるのだろう。彼女が子供のとき、大きな火災に巻き込まれ死にかけた事件は貴族社会では有名だ。

しかし、優秀な聖女が二人も軍に同行するのはいいことだ。ジェイルは心の中の違和感に蓋をして、自分の任務に打ち込むことにした。

聖女マイアが一人の若い騎士と一緒に失踪したのは、その最中だった。

この国では、魔力保持者は貴重だから、魔術師も聖女も権力者たちに囲い込まれる。

マイアはフライア王妃に次ぐ魔力量を持ち、若手の聖女の中では一番の治癒魔法の使い手だったので、王家が第二王子の妃として目を付けていた。

年若い彼女が政略結婚を嫌がって逃げたくなる気持ちはなんとなくわかる。

しかもマイアは後ろ盾のない平民の孤児という出自から、色々な人間から陰口を叩かれていた。

下級貴族出身のジェイルにも、それは覚えのあるやっかみだ。自分より高位の貴族出身の魔術師からの嫉妬に嫌味、仕事の押し付けはベテランと呼ばれるようになった今もあるし、恐らく今後一生涯続くのだろう。

ジェイルは妻からも侮られている。伯爵家出身の妻は気位が高く、子供を二人儲けた後は、義務は終わったと言い放ってジェイルを寝室から締め出した。

自分の場合は娼館や飲み屋で発散しているからまだなんとかやっていけているが、女性であるマイアはそうもいかない。

何もこんなホットスポットの中で逃げなくても、とは思ったが、冷静に考えれば聖女であるマイアには常に護衛と侍女が傍に控えている。

きっと死の危険があっても逃げたいと思うほどに追い詰められていたのだろう。そう思うとあまりにも可哀想だった。

ジェイルがティアラのおかしさに本格的に気付いたのは、マイアが失踪した二日後のことだ。

貴重な聖女を捜さない訳にはいかず、討伐は中止となり、動ける者総出でマイアの捜索にあたる中、ジェイルはリアラと一緒にベースキャンプに残り、手分けして結界の維持管理や魔術符の制作などに従事していた。

そんなジェイルの元をティアラがアベルと訪れ、疲労回復の為に治癒魔法を使いたいと申し出て来た。

「魔術師は討伐の命綱でしょう？　ですから是非治癒魔法を受けて頂きたいのです」

「ティアラがこう申し出ているのだ、遠慮せず受けるといい」

(癒しきれていない怪我人が残っているのに、たかが疲労回復に聖女の魔力を？)

疑問と一緒に嫌悪感が湧いたが、ティアラだけでなくアベルからも勧められると、立場上否定的な言葉は言えなかった。

「……お願いします」

治癒魔法を使ってもらう為に手を差し出すと、手袋ごしにティアラの手が触れた。

心の中のもやもやが膨れ上がった。手袋など付けていると魔力の伝導率が悪くなるはずなのに。

しかし次の瞬間にはジェイルの思考はそれどころではなくなった。

肌の下を虫が這い回るような不快感を覚えたからだ。

この気持ち悪さはなんだ。ティアラの魔力を流されたところから怖気《おぞけ》が走る。

おかしい。聖女の魔力は流されると非常に気持ちいいものだと聞いている。まるで湯船に浸かっているときのように温かく、幸福感をもたらすもののはずなのに。

頭がくらりとした。そして魔術の気配を感じた。

(これは……)

ピンときた。これは精神に作用する類の魔術だ。

「どうだ？　ティアラの魔術は素晴らしいだろう？　しかし妬けるな。必要なこととはいえ他の男の手を取るなんて」

熱に浮かされたようなとろりとしたアベルの眼差しに、ぞくりと寒気がした。

ジェイルは反射的に抵抗する。

体内の魔力を脳に巡らせ、精神を侵そうとするティアラの魔力を押し出そうと試みた。

(これは……魅了系か……？)

気持ち悪い。耐えがたい不快感と嫌悪を心の奥底に隠し、ジェイルは目を細めて幸せそうに微笑んだ。

「殿下のおっしゃる通り、ティアラ様の魔力は素晴らしいですね。こんなにふわふわとしたいい気持

ちになるのは初めてです」

ここは魅了されたように振舞ったほうがいい。ジェイルは本能の部分でそう感じた。王子、そしてトリンガム侯爵令嬢という権力者が関わっているのだ。下手なことを言うとこちらの身が危うい。そして自分の判断が正しかったことをすぐに思い知ることになった。

――その日から、魔蟲討伐部隊は少しずつティアラの魔力に侵食されていったからである。


今では同僚のリアラもティアラの狂信者へと変わっている。

いくつか質問を繰り返して確認したところ、リアラは完全にティアラに心酔していて、ジェイルのように抵抗に成功した形跡はなかった。

ジェイルがティアラの魅了に抗えたのは、魔力量の差が出たのかもしれない。ジェイルの魔力量はかなり大きく、イルダーナの魔力保持者の中でも五本の指に入る。

にもかかわらず、軍への出向という宮廷魔術師の職務の中では最も不人気な役目を押し付けられているのは、汚れ仕事を押し付けられがちなマイアと同じ理由だ。


最悪だ。天幕から出てきたティアラと目が合った。

「ジェイル卿、いいところに」

彼女は嬉しそうにこちらに向かって微笑むと、優雅な足取りで近付いてきた。

「体を綺麗にする魔術をかけてくださらない？　体がべとべとで気持ち悪いの」

昨夜はお楽しみだったらしい。

アベルはマイアに気があるように見えたが、すぐに乗り換えるとは現金なものだ。いや、魅了に犯されているのだから仕方ないか。ジェイルはすぐに思い直した。

「私にご用命頂けて大変光栄です、ティアラ様」

ジェイルはうっとりとした笑顔を意図的に作ると、魔術筆《クイル》を取り出し、《浄化《ピュリフィケーション》》の魔術を使ってやった。マイアよりも遅れて本格的に聖女となる為の勉強を始めた彼女は、医療知識だけでなく、聖女が習得しておかなければいけない治療に役立つ魔術もまだ覚えきれていない。

「ありがとう、ジェイル卿」

ティアラは礼を言うと、ジェイルに手を振り救護用の天幕へと向かって行った。

(あの女は聖女じゃない)

ジェイルは改めて心の中でつぶやく。

欠損が治せるのは凄いが、性格も能力もマイアとは雲泥の差だ。

あの女はマイアのように魔力の限界まで治療をしない。一日の中での対応人数を自分の中で決めていて、魔力の限界が訪れる前に治療を切り上げてアベルの天幕へと帰ってしまう。鼻血を出すのも吐血するのも美しくないというのがその理由だ。

そして恐らく魔力効率が悪いのだろう。一日に治療可能な人数がマイアの半分以下だ。

そのためマイアの失踪後は、討伐より捜索に重点を置いたとはいえ、じわじわと癒しきれない怪我人が増えていった。

結局捜索は打ち切って、ヴィアナ火山に移動して本格的な討伐に入った訳だが、この序盤の段階で、治療待ちの怪我人が順番待ちの状態だと聞く。

しかし、そんな状況にもかかわらず、誰一人として疑問を持たないしティアラを褒め称える。

ただ一人正気を保ち続けているジェイルは、どう対応したものか決めかねていた。

本人がトリンガム侯爵家という有力貴族の出身だし、第二王子のアベルが魅了されている今は動かないほうがいい。迂闊に動いたら、なんらかの法的手段を取られて陥れられる可能性がある。

何か対策をするとしても首都に戻ってからだ。ジェイルはこっそりとため息をついた。

一体何人を一度に魅了できるのかはわからないが、恐らく自分よりも魔力量の多い王妃と魔術師団長の二人はティアラの魅了に抵抗できるはずだ。

少し前まではマイアもこの中に入っていたが、失踪したので数には入れられない。

（まさかそれを見越してマイア殿に何かしたのか……？）

脳裏にそんな疑惑がちらりと浮かんだが、さすがに飛躍しすぎかと考え、ジェイルは頭を軽く振った。

七章　マスカレイド・パーティー

マイアはルカと一緒にライウス商会に手配して貰った宿を訪れて目を丸くした。

キリク郊外に建てられたその宿屋は、非常に可愛らしい外観だった。

木々の合間に建てられた素朴な赤煉瓦造りの建物は花と緑に溢れていて、一幅の絵画のようだ。

庭も建物もとてもお洒落でセンスがいい。特に窓の外側に取り付けられた、植物を植えるためのウィンドウボックスが綺麗だ。寄せ植えにされたアリッサムや菊《マム》、冬スミレなどの晩秋を代表する花が見事に咲き乱れていた。

「本当にここに泊まってもいいんですか？」

「勿論よ。だってあなたたちは義弟と甥の命の恩人ですもの」

マイアの質問に答えたのは、ここまで二人を連れてきてくれたオーリア・ライウスだった。

オーリアはライウス商会の当主であるロイドの妻で、アンセルの兄嫁にあたる人物だ。四〇代半ばくらいの優しそうなおばさまである。

暴行を受けたアンセルとエミリオの二人をライウス商会に送り届けて事情を説明したところ、非常に感謝してくれて、伝手をたどってこの宿を手配してくれたのだった。

マイアたちがキリクにあるライウス商会の店舗に到着したのは、昨日の昼下がりだ。

その頃にはアンセルの意識も回復しており、アンセルとエミリオ、二人の証言を受けてロイドが動いて、街の衛兵をルカが証言したライウス商会の馬車が停まっている森へと派遣してくれた。

エミリオたちを襲ったカイルとリバーはマイアの治癒魔法やルカの結界のおかげで生き延びていた。彼らは昨日の夜遅くに捕縛され、今は牢に収容されている。これから正当な司法の手続きで処罰される予定で、ライウス商会の積荷も無事だったようだ。

ライウス商会が被った金銭的被害は逃げた馬一頭でおさまったようだが、雇い主に暴行を加えて積荷を奪おうとしているので、犯罪者二人は強盗傷害の罪に問われ、かなり厳しく処罰される見込みである。こちらも命を狙われたので同情する気持ちにはなれなかった。


アンセルとエミリオはすぐに医師の診察を受け、今は絶対安静を言い渡されている。

顔を殴られていたので少し心配だったが、マイアの治癒魔法のおかげか命に別状はなさそうだ。

昨夜はマイアとルカはライウス商会の店舗兼住宅に泊めて貰ったのだが、今朝になってからロイドとオーリアが、「このままだと気を遣うだろうから」と配慮してくれてこの宿を手配してくれた。

エミリオは残念がっていたが、確かに宿屋に泊まったほうが気兼ねなく街を楽しめる。

テルースの祝祭を明日に控え、街は近隣の街や村からの湯治を兼ねた旅人や行商人で賑わっている。宿はどこもいっぱいだと聞いたから、まさかこんなにいい宿に案内されるとは思わなかった。

「ここはよく新婚旅行に使われる宿なのよ。お風呂が付いている部屋にキャンセルが出たって聞いてこれは運命かなと思ったわ。二人で思いっきりキリクを楽しんでね」

オーリアは微笑むと、顔見知りらしい宿の女主人《マダム》に挨拶して帰って行った。

「フローラ・インにようこそ、クライン夫妻。オーリアから事情は聞いておりますので、ゆっくりくつろいで下さいね」

オーリアと同じくらいの年齢の女主人《マダム》に案内されたのは、宿の外観に負けないくらい可愛らしい部屋だった。

壁にはドライフラワーの花束や風景画が飾られ、窓からは外に取り付けられたウィンドウボックスの花が見えている。

家具類はダークブラウンの木材で統一されていて、白い壁紙との対比が落ち着いた雰囲気だ。ソファの布張りやクッション、カーテン類はグリーン系で統一されていて目に優しい。

唯一残念なのはベッドが大きなもの一つしかないことだ。新婚旅行に使われるというオーリアの言葉が脳裏によみがえる。部屋には露天風呂も付いているというし、これはつまりそういうことなのだろう。

「一緒に寝るの……？」

女主人《マダム》が出ていってから呆然とつぶやくと、ルカからは即座に否定の言葉が返ってきた。

「まさか。俺はソファで寝るからベッドはリズが使って」

そうだった。ルカはびっくりするほど紳士的なんだった。

……というか、マイアが女として見られていない気がする。

「それならセシルがベッドを使ってよ。私のほうが小さいからソファでも十分寝られると思う」

「リズは体力がないから駄目。ソファじゃ疲れが取れない」

「それはセシルもでしょ？　体力は確かにないけど、私には聖女の自己回復力があるわ」

「俺は慣れてるから。女の子をソファで寝かすなんてできない。生憎そういう教育は受けてないんだ」

　どちらがソファで寝るのかこれでは平行線だ。

「……じゃあベッドで一緒に寝ようよ。セシルは私に何かしようなんて思ってないでしょ？」

　ため息混じりにつぶやくと、ルカのまとう空気が変わった。

「マイアは何か勘違いしてる」

「えっ……」

　久しぶりに本当の名前を呼ばれてドクンと心臓が跳ねた。

　静かな声からルカの怒りを感じ、不安に駆られる。

　何かまずいことを言ってしまったのだろうか。

　戸惑っているとルカにしては珍しく、乱暴に手首を掴まれた。

　かと思うと次の瞬間には抱き上げられ、気が付いたらマイアはベッドの上に投げ出されていた。そしてルカが上から覆い被さってくる。

「俺は聖人じゃないし枯れている訳でもない。ごく普通の健全な男だ」

　怖いくらいに真剣な緑色の瞳に射抜かれ、本能的な恐怖が呼び覚まされた。

「煽られるとさすがに我慢できなくなる。俺が本気になればマイアは抵抗できない。魔術なんか使わ

なくても」

シーツに押さえつけられた手は確かにピクリとも動かない。マイアは早々に抵抗を諦めた。無駄なことはしない主義なのだ。

「……したいのならしてもいいよ」

そう告げると動揺したのかルカの獰猛な気配が和らいだ。

「助けてもらった対価にやらせろって言われたら受け入れるって元々決めてたから。だからどうぞ」

変なところに売り飛ばされる覚悟も正直していた。

マイアは腹をくくると覆い被さるルカを見上げた。するとルカは痛ましいものを見たように顔を歪める。

「……ごめん。そういうつもりじゃなかった」

謝罪と共に手首が解放された。ルカはするりとマイアから身を離すと、ばつの悪そうな顔をしながらため息をつく。

「危機感を持てって言いたかっただけで本気で襲おうとしたんじゃない。……これでも一応意識しないように努力してるんだ。さすがに一緒のベッドで眠ったら理性がもたない」

「ルカには私がちゃんと女の子に見えてるの……？」

「当たり前だろ。正直言うと俺も男だからあわよくばという気持ちはあるよ。だから煽るような真似はしないで欲しい」

「……いいよ」

「は？」

「ルカならいいよ。た、助けてもらったし、これまでも色々親切にしてくれたから……」

「…………」

なんでこんなはしたない言葉を口走ってしまったんだろう。自分でもわからなかった。

でもマイアは確かにルカに好意を抱いていて、触られても全然嫌じゃなかった。むしろ――。

「……リズはもっと自分を大事にしなきゃだめだ」

名前の呼び方が元に戻った。一線を引かれたような気がした。

「殺されかけてからずっとリズは俺といたから何か錯覚してるんだ。でもリズは聖女なんだから、身を任せる男は慎重に選ばないと。……アストラに辿り着いたらリズには確実に沢山の求婚者が現れる」

「…………」

「少し出てくる。二、三時間したら戻るから、それまでお互いに頭を冷やそう」

ルカはどこか透明感のある微笑みをマイアに向けると、踵を返して部屋を出て行った。

――呆れられた。拒絶された。

自分から誘うような真似までして、きっとふしだらな女だと思われた。

色々な考えがぐるぐると頭の中をめぐる。

女としては見られている。でも手は出さない。それはつまりルカにとってのマイアは対象外ということなんだろう。

（ふられちゃった）

マイアはベッドの上に転がり、ぼんやりと素朴な木造りの天井を見上げた。

ルカにとってのマイアは保護すべき存在で警護対象。きっとそれ以外の何者でもないのだ。

（ばかみたい）

ちょっと優しくされたくらいで勘違いするなんて。

マイアは大きく息をつくと両腕で顔を隠し、目を閉じた。

◆◆◆

着の身着のまま逃げてきたマイアは、全面的にルカのお世話になっている状態である。

そんな状態でルカよりも先に部屋に付いている浴室を使うのは気が引けたので、マイアはやりかけの自分の服を魔術布に変えるための刺繍を仕上げてしまうことにした。

裁縫箱は、ローウェルのクライン商会にお世話になったときにゲイルから借りた一式だ。彼は気前よく、綺麗な彫刻が施された箱ごとマイアに譲ってくれた。ゲイルには色々と良くしてもらったが、この贈り物が一番嬉しかったかもしれない。

マイアが魔術布にするために選んだのは、シンプルな白のブラウスと、アルナに買ってもらった中では一番のお気に入りのワンピースだった。

ブラウスの刺繍は既に完成しているので、後はワンピースの裾部分の刺繍を仕上げてしまったら一式が完成する。

まずは魔術布に変えることを優先しているので、今は月晶糸による金色の刺繍を入れただけだが、どこかで時間ができたら、色糸で草花の刺繍を加えて可愛らしくしつつ、魔術式部分をカモフラージュする予定だ。

魔力を込めて無心で針を動かすと、もやもやとしたこの感情を忘れられる気がした。


完成した刺繍を眺めてその出来栄えを確認していると、ルカが戻ってきた。

ドクンと心臓が嫌な音を立てるが、普段通りを心掛けてマイアは表情を作る。

気持ちを隠すのは得意だ。ずっとそうして生きてきた。

望みなんてないと突き付けられたのだ。それならばさっさとこんな気持ちは振り切って次に行くべきである。

「お帰りなさい、セシル」

何もなかったかのように話しかけると、ルカはあからさまにほっとした表情を見せた。

ルカは手に大きめの籐の籠を持っていた。

「買い物に行っていたの？」

「うん、保存のきく食材を色々と。あ、でもこれは違うんだ。オーリアさんがここの女主人《マダム》に預けてた俺たちあての品物らしくて。温泉には入らなかったの？」

「うん。セシルを差し置いて入るのはどうかなと思って」

「なんでそんな……」

「だって今の私はセシルに養ってもらってるようなものでしょ。だから……」

「そういう気の使い方はしなくていい」

ため息をつかれてしまった。

「無理だよ。だって全面的にお世話になっているのは変わらないもの」

マイアはきっぱりと言い切って近くまでやって来たルカを見上げた。

「今日は私がベッドを使うから、明日はセシルがベッドを使って。それならいいでしょ？」

この宿には二泊する予定である。祭りを見物して、その翌日には再びアストラを目指すつもりだった。

「……逆にしよう。マイアが出発の前にベッドで眠ったほうがいい。その代わり出発の朝には治癒魔法をかけて欲しい」

提案を受けてくれたということは、ルカにとってもきっと妥当な落としどころだったのだろう。マイアはほっと安心した。

ルカは小さく息をつくと、蓋の付いた籐の籠をテーブルに置き、マイアの座るソファの向かい側に腰かける。

「もしかしてそれ、完成した？」

ルカが指さしたのはマイアの手の中にあるワンピースだ。

「うん。わかるの？」

「魔力を感じる」

「とりあえず月晶糸の刺繍部分だけ完成したの。もう少し色糸で刺繍を入れたいんだけど、それはまた今度にして、セシルの服を先に魔術布にしたいなと思って。魔術布に変える服を出しておいてくれる？」

「わかった」

ルカは頷くと、立ち上がって床の片隅にまとめてある手荷物のほうに向かった。

「これ、中身はなんなの？」

マイアは目の前に置かれた籠の中身が気になってルカに尋ねた。

「さあ。何も聞いてない」

「開けてみるね」

マイアは断ってから籠の蓋に手をかけた。そして中身を見て目を丸くする。

「なんだった？」

「仮装の服みたい。これは……女神と人狼かな……？」

女神と人狼は、恋人や夫婦に人気の仮装だ。

これは、大地母神テルースと天空を司る主神エアの求婚の神話が元になっている。

天空神エアは、天上よりテルース女神を見初め、金色の狼に変身して地上に降り立ち少しずつ親交を深め結ばれたと言われている。

籠の中に入っていたのは、女神の象徴であるダークブラウンのドレスと若葉を模した髪飾り、そして金色の耳付きのヘアバンドと尻尾が入っていた。それと二人分の目元を覆い隠す仮面も。

衣装も仮面もしっかりとしたつくりになっているが、髪飾りが特に綺麗だ。宝石に似た輝きを持つ水晶硝子のビーズがふんだんに使われている。留め具の部分には、有名な硝子工房の刻印が入っているのでかなり値の張る高級品だ。

「カードが入ってる」

マイアは籠の中に入っていたカードを取り出す。すると、『これでテルースの祝祭を楽しんでください』と書かれていた。

「お礼に行かないとね……」

「そうだね。お見舞いがてら様子を見に行こうか」

マイアは髪飾りを手に取ると、ドレッサーの前に移動して自分の髪に当ててみた。

◆
◆
◆

テルースの祝祭が終わったら、朝早くにキリクを発つ予定だった。

だから街で補給をする機会は今日しかない。マイアとルカが仮装の衣装のお礼の為にライウス商会に行けたのは、既に日が傾き始めた頃だった。

祝祭を翌日に控えた中心街の市場は、祭りを当て込んだ大道芸人に屋台、そして既に仮装している気の早い人たちのせいで恐ろしい混雑になっており、必要なものを買うのに一苦労だったのだ。

ライウス商会はキリクでは大きな薬種商らしく、店構えは立派だし従業員の服装にも清潔感があった。

仮装衣装と宿の手配のお礼兼お見舞いとして、季節の果物に花を添えてライウス商会に持参すると、商会の人々からは逆に恐縮されてしまう。

エミリオのところには友達がお見舞いに来ていたので、マイアとルカはまずアンセルのところで時間を潰してからエミリオの部屋へ顔を出しに行った。

「セシル兄ちゃんとリズ姉ちゃん！」

マイアたちがエミリオの部屋を訪問すると、幸い既に見舞いに訪れていた子供たちの姿はなくてマイアはほっとした。

エミリオは命の恩人であるマイアたちに懐いてくれて、言葉使いはちょっと乱暴だがおおむねいい子だ。そんなエミリオの友達だから、ライウス商会と似たような商家の子供たちだろうし、そこまで乱暴な子供はいないとは思うのだが、いかんせん心の中に刻み込まれた男の子への苦手意識はどうしようもない。

「お友達は帰っちゃったの？」

マイアの言葉にエミリオはこくりと頷いた。

時計を見ると五時を回ったところだが、季節的に既に外は薄暗くなっている。

「最近下町や貧民窟で子供が消える事件が起こってるらしいんだ。それで家の人や店の人が迎えに来て、皆帰っちゃった」

「消えるって誘拐ってこと？」

マイアの質問にエミリオは頷いた。

「うん。人身売買組織の仕業じゃないかって大人たちは噂してる」

随分と物騒な話だ。ルカも眉をひそめている。

「キリクはそんなに治安が悪い街だったかな？」

「ううん、先月の末あたりからだよ。一番初めは下町で女の子がいなくなったって騒ぎになったのがきっかけだったかな？　それから立て続けに二人いなくなって……貧民窟でも浮浪児の徒党《チーム》がいくつか姿を消してるもんだから、今ちょっとした噂になってるんだ」

どこの街の貧民窟にも、路上生活を営む子供たちがおり、街の治安を悪化させる要因となっている。彼らの大抵は貧困層に生まれた子供たちだ。親が娼婦だったり、同じ路上生活者だったり、親元を逃げ出した被虐待児だったり――。

子供たちは徒党《チーム》と呼ばれる集団を作り、物乞いや簡単な雑用を請け負って生計を立てているのだが、中にはスリや強盗といった犯罪に手を染める悪質な徒党《チーム》も存在する。そんな連中が最終的に行き着く先は裏社会だ。

身寄りのない子供の中でも、孤児院に保護される子供というのは実はほんのひと握りだ。

孤児院も限られた予算の中でやりくりしており、決して良い環境とは言えない。しかし、少なくとも孤児院に迎え入れられたマイアは、貧民窟の浮浪児よりは恵まれていたと言えた。

「怖いね。気を付けてね」

なんにしても貧民窟の徒党《チーム》が消えるというのは穏やかではない。マイアが声をかけると、エミリオは眉を下げた。

「出かけたくても当分は無理かなぁ。ほら、こんな状態だからさ」

昨日の今日だからエミリオの顔にも体にも、痛々しい打撲痕が沢山残っている。

「そうだったね。お大事にしてね」

(完全に治してあげられなくてごめんなさい)

マイアは何度目になるかわからない謝罪を心の中でつぶやいた。


傷薬や腹痛の薬、酔い止めなど、常備薬をいくつか買ってからマイアたちはライウス商会を後にした。

アンセルやエミリオとは再会を誓って別れたものの、そんな日はきっと来ないのだろうなと思うと、後ろめたい。

聖女はどの国に行っても大切に保護され囲い込まれるものだ。亡命に成功したら、きっとアストラから簡単には出国できなくなる。

この国にあまりいい思い出はないけれど、首都の神殿には両親が眠っている。会いに行けなくなるのだと今更ながらに思い至って、切なさと悲しさが湧き上がった。

◆◆◆

マイアが眠ったのを確認したルカは、こっそりとベッドから起き上がると魔術筆《クイル》を取り出した。

自分と違ってマイアはかなり眠りが深い。だから少々ルカがごそごそと動いても目覚めないはずだ。

使うのは通信用の鳥を出す魔術だ。夜に飛ばすので怪しまれないよう、術式に手を加え、鳩ではなくて梟《ふくろう》を出す。飛ばす先はゲイルだ。あの男は神経質だからすぐに魔術の気配を察知して起きるはずだ。

後で苦情が来るだろうな、と想像しながら腕に留まった梟に伝言を囁く。

「ゲイル。夜遅くにすまない。もしかして既にそちらでも把握はしているかもしれないが、キリクで子供が失踪する事件が多発している。失踪者は貧民窟を中心に下町にも出ている模様。ブラン・レシェにおける事案と似ていると思わないか？　調査を頼む」

ブラン・レシェはアストラの国境、水晶連峰《クリスタルム・アルプ》の山岳地帯にある小さな町だ。

イルダーナ側から見ると、トリンガム侯爵領内の国境の関所をアストラへと抜けたすぐ先にある町で、これからルカとマイアが目指す目的地でもある。

ルカたちアストラの国家諜報局に所属する諜報員には、国からいくつかの指令が与えられている。

そのうちの一つに、五年前、ブラン・レシェにて発生した子供の失踪事件の調査があった。

失踪者のほとんどは貧民窟の浮浪児だが、その中に浮浪児の徒党《チーム》と関わりがあった下町の不良少年が混ざっており、親が騒ぎ立てて発覚したという事件である。

背後にはイルダーナの闇に蠢く人身売買組織の関与があることまではわかったものの、子供たちの売却先は現在も判明していない。

組織は貧民窟の子供をある程度攫うか騒ぎになるかすると標的とする街を変える。

ブラン・レシェにおける失踪事件の調査の為にアストラの貴種《ステルラ》が動きだしたのを察知したのか、現在組織は標的をイルダーナ国内に絞ったようだ。

既にこの街では失踪事件が表沙汰になっているので、組織の標的は移動しているかもしれない。しかし報告は入れておくべきだと思った。

こんな時間になったのはゲイルには申し訳ないが、マイアに聞かれてはいけない内容なのだから仕方がない。

ルカはほんの少しだけ開けた窓から梟をローウェルの方向に向かって放つと、小さく息をつき、ソファで眠るマイアに視線を向けた。

よく眠っている。今ならこっそりベッドに移しても気付かれないだろう。

しかしすぐに思い直した。明日目覚めたとき、ベッドで眠っているのに気付いたら、マイアはきっと怒る。いや、それだけではなく、彼女の矜持を傷付けてしまう。

魔術筆《クイル》だけを手に逃げてきたマイアは、全面的にルカに依存しているのを気にしている。

聖女の亡命がアストラにもたらす利益を考えれば、そんなことを気にする必要はないのだが、何かできることを探して前向きに取り組もうとする姿には好感が持てた。

だから必要以上に自分に近付いて欲しくなかった。指一本たりとも触れずにアストラに連れて行くと決めたのだ。心に刻んだ決意が揺れてしまう。

警告のつもりで押し倒して脅したら、思わぬ自己評価の低さを見せつけられて唖然とした。

聖女たる貴種《ステルラ》の体は、そんなに簡単に許していいものではないし、好意を向ける相手も慎重に選ぶべきだ。

マイアが自分に特別な感情を持っていることには気付いていた。だけどそれは死にかけていたところを助けられたという極限状態がもたらした、一過性の熱病のようなものに違いない。

……そう思ったから突き放した。

そのおかげか、マイアがこちらを見る眼差しからは熱のようなものが消えたように見える。

その結果を望んで拒絶したはずなのに、どこか寂しさを感じる自分の欲深さにルカは苦笑いした。

◆
◆
◆

朝食を済ませたマイアとルカは、早速ライウス商会から贈られた仮装衣装を身に着けて街に繰り出した。

マイアは女神テルースの、ルカは主神エアが変身した狼になぞらえた人狼の衣装である。

大地をあらわす女神の衣装は色こそダークブラウンで地味なように思えるが、金糸の刺繍や硝子のビーズが縫い付けられていて華やかだ。

髪には葉っぱをモチーフにした髪飾りと、宿の女主人が好意でくれた生花を挿した。

そこに目元だけを隠す仮面を付ける。仮面を付け素顔を隠すのは、祝祭を身分の差なく平等に楽しめるようにとの意図がある。

マイアはちらりと隣のルカを確認した。

今は仮面で隠れているが、幼い……いや、若々しい顔立ちのルカに金色の狼の耳と尻尾はよく似合っている。

宿で思わず可愛いとつぶやいたらムッとされたことを思い出す。童顔を気にしているルカには『可愛い』は禁句だった。

ルカによると男性に対する『可愛い』は褒め言葉ではないし、言われると腹が立つ言葉らしい。今後は心の中で思ってもうっかり口に出さないように気を付けなければ。

前日にルカから対象外だと突き付けられたのはかえって良かったのかもしれない。いつもと違う格好を見ても心臓がうるさく抗議しなくなったからだ。

自分でも自分の切り替えの速さに驚きだが、結局ルカの言った通り、マイアの恋心らしきものは錯覚で、本物の恋愛感情ではなかったのかもしれない。


祝祭の当日の大通りは昨日とは比較にならないくらい人で溢れていた。

道行く人々だけでなく、屋台や通りに面した店舗の従業員まで皆仮装に身を包んでいる。夫婦や恋人同士に人気があるのは神話になぞらえた女神と人狼の仮装だが、それ以外にも、魔女やら騎士やら妖精やら、様々な仮装が溢れていて視線があちこちしてしまう。

「ねえ、本当に出てきても良かったのかな……？　誘拐事件が起こっていて、治安もあんまり良くないんだよね……？」

マイアはあまりの混雑に不安を覚えてルカに尋ねた。

「祭見物ができるように宿やら衣装を手配してもらったからね……正直俺もちょっと不安だけど、新婚夫婦を偽装している以上出かけないほうが不自然かなって」

ルカは表情を曇らせると、こちらに手を差し出してきた。

「はぐれたらまずいから」

そう言われ、マイアはわずかにためらいながらその手を取る。

誰かと手を繋ぐなんて両親が生きていたとき以来だ。

ルカの手はマイアの手より一回り以上大きくて、恋心の残滓がまだ残っているのか、わずかに胸がざわめいた。

今が手袋をはめる季節で良かった。直接肌が触れていたら、きっともっと動揺している。


マイアとルカは、屋台や旅芸人の興行を順番に冷やかしながら見て回った。

「暴れ馬だ！」

「逃げろ！　轢かれるぞ！」

そんな声が聞こえてきたのは突然だった。

続いて悲鳴と怒号、そして馬の嘶《いなな》きがどこからか聞こえてくる。そして群衆が一気にこちらに向かって押し寄せてきた。

「リズ！」

ルカの声が聞こえたときにはもう手遅れだった。

人の波に押し流され、繋いだ手が離れる。

まずい、と思ったときにはもう遅く、マイアはあっという間に逃げ惑う人の群れに押し流されてルカと離れ離れになってしまった。

◆
◆
◆

人の群れからどうにか細い路地に避難することに成功し、マイアはほっと一息ついた。

それまでいた大通りは大変な騒ぎになっている。

この混雑だ。きっと何人もの怪我人が出ているに違いない。

治癒魔法を使えばその人たちの傷を癒してあげられるけど、今は名乗り出ていい状況ではない。また目を逸らさねばいけないことに心が痛んだが、マイアは気持ちに蓋をして、自分のことを考えた。

一体ここはどこだろう。

魔力器官が目覚めてから、マイアの周りには常に誰かしら人がいた。純粋に一人になるのは初めてだということに思い至ると途端に不安になった。しかもここは土地勘のない場所である。

一応お小遣い程度のお金は持たせて貰っている。

（誰かに道を聞けば大丈夫。親切そうな人を探そう）

マイアは気持ちを落ち着けるために深呼吸をしてから周囲を見回した。

そのときだった。

「ママ！」

そんな高い子供の声がしたかと思うと服が後ろから引っ張られた。

後ろを振り返ると、六、七歳くらいだろうか、妖精の仮装をした小さな女の子が、マイアの仮装衣装の裾をぎゅっと握っていた。

女の子と目が合った。すると母親ではないことを認識したのだろう。女の子の目にみるみるうちに涙が溜まったかと思うと、堰を切ったように大声で泣き始めた。

マイアはその場にしゃがみ込むと、女の子と目線を合わせて慌ててなだめた。

「どうしたの？　お母さんとはぐれたの？」

マイアが苦手とするのはエミリオには悪いが一〇歳前後の男の子なので、このくらいの年齢の子供なら男女問わず平気だ。

そんなに子供が好きという訳でもないが、孤児院時代に小さな子供の子守は年長の子の仕事だったので扱いには慣れている。

が、女の子はひきつけを起こしそうな勢いで泣いていて話にならない。

マイアは言葉でなだめるのを早々に諦めると、立ち上がって女の子を泣き止ますためのタネを仕込むことにした。

準備が終わったら、髪に挿した花を右手に取って女の子に差し出す。

現金なもので、女の子はぴたりと泣き止んだ。

でもすぐには渡さない。女の子が花を受け取ろうと手を出してきたところで、くるりと手首を返して衣装の袖の中に花を隠し、代わりにこっそりと仕込んでおいた飴玉を出す。

「ええっ!? お花はどこいったの？」

「お花はこっち」

マイアはにっこりと微笑むと、左手に仕込んだ花を取り出して女の子に差し出した。

この手品は孤児院時代、祭りの出し物として身に付けたものである。久し振りでちょっと不安だったがうまくできて良かった。マイアは手持ちの小さな鞄の中から手巾を出して、女の子の涙と鼻水を拭いてやった。

「お姉ちゃんは魔術師なの？」

「まさか！ 今のはただの手品。魔術師はおめめの外側が金色になるのは知らない？」

「そっか！ そうだった！ ねえねえ、どうやったの？」

「秘密」

マイアは笑って誤魔化した。服の袖と手の技術、そして視線の誘導を利用した簡単な手品だけど、タネを明かしたら白けてしまう。

「それよりもお母さんを捜していたんじゃないの？」

「あ……」

女の子の顔がくしゃりと歪み、また今にも泣きだしそうになった。

「捜そう！　私も一緒に捜してあげるから！」

マイアは慌てて声をかけた。

「……ほんとに？　一緒に捜してくれる？」

「うん。実はお姉ちゃんも迷子なんだ。旅をしてるんだけど、泊まってる宿の場所がわかんなくなっちゃったの」

「何それ、大人なのにおかしいよ！」

女の子はようやく笑みを浮かべてくれて、マイアはほっとしながら女の子に手を差し出した。

女の子はカーヤと名乗った。マイアと母親を間違えたのは、母親も女神の仮装をしていたからのようだ。

カーヤはしっかりしていて、自分の住んでいる通りの名前を教えてくれた。しかし、残念ながら旅行者のマイアにはそれがどこなのかがわからない。

きょろきょろとあたりを見回しながら、当初の予定通り人に道を聞くことにする。

「もしかして何かお困りかな、お嬢さん」

声を掛けてきたのは腰の曲がった老婆だった。人の良さそうな顔をしている。

「迷子を保護したんですが、この街は初めてなので、家がある通りの場所を聞いてもわからないんです」

「旅行かい？　この街の温泉はいいからねぇ……」

「そうなんです。夫と来たんですけどはぐれてしまって」

ルカを夫と呼ぶのに最近は随分と慣れてきた。

「あの……もしおわかりになるようでしたら宿の場所も教えて頂けると嬉しいんですが」

「私でわかれば教えてあげるよ。まずは迷子をお家に連れて行ってあげようねぇ。お嬢ちゃん、お家はどこだい？」

「フレーベル通り……」

カーヤは恥ずかしいのか、マイアの陰に隠れながら老婆に家のある通りを告げた。

「フレーベル通りはこっちだよ。ついといで」

どうやら口頭で説明するのではなく連れて行ってくれるようだ。マイアはカーヤの手を引くと、ゆったりと歩き始めた老婆の曲がった背中を追いかけた。

しかしその判断をマイアはすぐに後悔することになる。

◆　◆　◆

それはなんの前触れもなく唐突に起こった。

老婆に従って細い裏路地をゆったりとした速度でカーヤと一緒に歩いていたところ——。

背後から突然手がにゅっと伸びてきて、マイアの口に手巾と思《おぼ》しき布が押し当てられた。

「⁉」

ぎょっと目を見張ると、今度は体が背後から羽交い絞めにされる。布を押し当てている人物とは別の男の腕だった。

「やだ！　やだああああぁ……」

カーヤの悲鳴が聞こえたのでそちらを見ると、麻袋のようなものを頭から被せられていた。

抗議の声が途中で途切れたのは、袋を被せた暴漢が蹴りを入れたせいだ。

「やめな！　傷付けたら価値が下がる！」

一喝したのは老婆だった。曲がっていたはずの背筋はしゃんと伸び、鋭い眼光を暴漢に向けている。

（演技だったんだ）

瞬時にマイアは理解した。事態についていけず硬直しているうちに、襲いかかってきた男たちによってマイアは縄で縛り上げられ、口には猿轡を噛まされていた。

暴漢たちは祭りの日にふさわしく全員が様々な仮装衣装に身を包んでいた。派手な仮面に隠れてはっきりとした顔立ちはわからないが、どう見ても手慣れている。エミリオから聞いた誘拐事件の情報が脳裏をよぎった。

マイアの側に老婆がやってきて、冷たい眼差しを向けてくる。

「気の毒にね。折角新婚旅行に来てたってのに」

ちっとも気の毒になんて思っていない口調だった。

……最悪だ。こんな連中に捕まるなんて。
自分はこれからどうなってしまうのだろう。
（ルカ……）
マイアの目にじわりと涙が滲んだ。

番外編　魔法の手

マイアの手は魔法の手だ。

ルカはじっと刺繍に取り組むマイアの手元を見つめた。

マイアの手の中には針があり、その針が動く度に少しずつ布の上に精緻な絵ができていく。

ここはアストラを目指す馬車の中だ。外はとっぷりと夜が更けているが、内部は魔道具の照明に照らし出されて昼間と変わらないくらい明るい。

ゲイルの作ったこの照明はよくできていて、本物のオイルランプのように炎そっくりの光らせ方にすることもできれば、今のように強い光らせ方にすることもできる。こちらの光らせ方だと光が揺れないので、時間を気にせず針仕事ができるとマイアは感動していた。

現在マイアが刺しているのは、自分の服を魔術布に変えるための刺繍である。

手が動く度にブラウスの袖口に少しずつ魔術式が完成していくのが物珍しくて、ルカはついじっと見つめてしまう。

……と、思ったら手が止まった。そして困惑の表情のマイアに話しかけられる。

「そんなにじっと見られるとちょっとやりにくいんだけど面白い？」

「ごめん、刺繍してるところを間近で見るのは初めてで……つい……」

「初めてなの？」

きょとんとした表情で話しかけられて、ルカはこくりと頷いた。

「ずっと魔術や戦闘術を身につけるための訓練ばっかりしてたから……身の回りのことは人がやってくれたし」

「セシルは貴種《ステルラ》だものね」

マイアの言葉に『上流階級の人間』のような意味が込められているのを感じ取り、ルカは心の中で苦笑いをした。

ルカは超越種《トランスケンデンス》——特異体質の貴種《ステルラ》だから、普通の貴種《ステルラ》とは違う環境で育った。普通の貴種《ステルラ》は虚弱だから軍で訓練を受けたりなんかしない。

……なんてマイアに言っても仕方ないのでルカは心の中に留めておく。

戦闘術やら生存術やら、軍で受けた訓練は思い出したくもないくらい過酷だった。嫌な記憶が脳裏をよぎり、ルカは軽く頭を振って振り払う。そして平常心を心がけてマイアに話しかけた。

「何か手伝えることはある？」

「うーん、特にないけど……あ、じゃあこのかせになってる糸を八等分に切って貰えるかな？」

「なんで八等分？」

「刺繍糸のかせは八メートルの規格で作られてるから。八等分してもらうと一メートルになるの」

「そういえばいつも糸をやけに短く切って刺繍してるよね？」

大掛かりな刺繍なら、糸を長めに切って一気に作業する方が楽そうなのに。そんな疑問をぶつけると、苦笑いが返ってきた。

「何度も布を潜《くぐ》らせると糸が傷んじゃう。仕上がりが綺麗にならないのよ」

マイアは針とブラウスを一旦床に置くと、ルカに月晶糸の束のうちの一つを手渡してきた。この糸束のことを糸の業界ではかせと呼ぶらしい。

「見本を見せるね。こんな風に、糸の端と端を右手でしっかり持っておけば絡まらないから……」

マイアは自分も刺繍糸のかせを手に取ると、説明しながら糸の切り方を実演して見せてくれた。

どうやら全部解いて、八つ折りにして糸を切ればいいらしい。

「できた糸はこの糸巻きに巻いておいて」

木の板で作られた糸巻きが差し出される。受け取ろうとした瞬間に指先が触れ合い、マイアの頬が赤く染まった。

そんなもの慣れない姿が微笑ましい。ルカは思わず口元を緩めた。

《了》

あとがき

この本をお手に取って頂きありがとうございます。著者の森川茉里と申します。

こちらは、私の二シリーズ目の出版作品となります。

イラストをご担当いただきました三登いつき先生、美しいカラーイラストと挿絵を描いて頂きありがとうございました。

三登先生のイラストと初めて出会ったのは六年前です。とあるゲームのファンアートを拝見し、密かにご活躍を追いかけておりましたので、今回挿絵をご担当頂けるとお伺いした時は本当に嬉しかったです。

また、この作品にお声掛けくださった担当編集様、発行元の一二三書房様、刊行までご尽力頂きありがとうございました。

この作品はコミカライズも決まっておりまして、一巻の刊行と同時に漫画の連載も始まる予定です。

漫画をご担当いただきますのは名取そじ先生です。

ネームを初めて拝見した時には感動いたしました。

細部に至るまで大変丁寧に描いて頂いておりますので是非ご一読ください！
ラストシーンで誘拐されたヒロインがどうなるのかは二巻にて解決する予定です。
続編もお手に取って頂けましたら幸いに存じます。

十月吉日

森川茉里

元農大女子には悪役令嬢はムリです！
早田結
ill. 桶乃かもく
婚約破談から始まる
何も知らない
転生リケジョと
ベタ惚れ
残念王子の
溺愛ロマンスファンタジー！
1〜2巻発売中！
©Yuu Hayata
Motonodaijoshi niwa akuyakureijo wa muridesu!

公女殿下の参謀様
~『危険の』と呼ばれて
忌み嫌われて殺されかけた僕は、
復讐のために帝国に抗い続ける
属国の公女殿下に
参謀として取り入った結果、
最高の幸せを手に入れました~
サンボン
sammbon
illust. 大河
1~2巻発売中！
私のすべて、参謀様《あなた》に委ねるわ
©sammbon

やり直し公女の魔導革命
処刑された悪役令嬢は滅びる家門を立てなおす
二八乃端月
illustration YOHAKU
1巻発売中！
©二八乃端月

転生ナイチンゲールは夜明けを歌う
～薄幸の辺境令嬢は看護の知識で
家族と領地を救います！～
1巻発売中！
干野ワニ
illust 長浜めぐみ
©Wani Hoshino

唯一無二の最強テイマー
～国の全てのギルドで門前払いされたから、
他国に行ってスローライフします～
原作：赤金武蔵　漫画：田村紘一
キャラクター原案：LLLthika
異世界還りのおっさんは
終末世界で無双する
原作：羽々音色　漫画：ダンタガワ
ジャガイモ農家の村娘、
剣神と謳われるまで。
原作：有郷　葉　漫画：たぢまよしかづ
キャラクター原案：黒兎ゆう

雑草聖女の逃亡 1
～隣国の魔術師と偽夫婦になって亡命します～

発　行
2023年10月13日　初版発行

著　者
森川茉里

発行人
山崎　篤

発行・発売
株式会社一二三書房
〒101-0003　東京都千代田区一ツ橋 2-4-3 光文恒産ビル
03-3265-1881

編集協力
株式会社パルプライド

印　刷
中央精版印刷株式会社

作品の感想、ファンレターをお待ちしております。
〒101-0003　東京都千代田区一ツ橋 2-4-3 光文恒産ビル
株式会社一二三書房
森川茉里 先生／三登いつき 先生

Printed in Japan, ISBN 978-4-8242-0045-7 C0093
※本書は小説投稿サイト「小説家になろう」（https://syosetu.com/）に
掲載された作品を加筆修正し書籍化したものです。